한민우 단편소설

꿈

| | |
|---|---|
| **초판 1쇄** | 2017년 08월 31일 |
| **글 · 그림** | 한민우 |
| **발행인** | 김재홍 |
| **디자인** | 이근택 |
| **교정 · 교열** | 김진섭 |
| **마케팅** | 이연실 |
| **발행처** | 도서출판 지식공감 |
| **등록번호** | 제396-2012-000018호 |
| **주소** | 경기도 고양시 일산동구 견달산로225번길 112 |
| **전화** | 02-3141-2700 |
| **팩스** | 02-322-3089 |
| **홈페이지** | www.bookdaum.com |
| **가격** | 10,000원 |
| **ISBN** | 979-11-5622-308-5  03810 |

**CIP제어번호** CIP2017020829
이 도서의 국립중앙도서관 출판예정도서목록(CIP)은 서지정보유통지원시스템 홈페이지
(http://seoji.nl.go.kr)와 국가자료공동목록시스템(http://www.nl.go.kr/kolisnet)에서 이용하실
수 있습니다.

꿈

한민우 단편소설

문학공감

부모님과 선생님으로부터 많은 것을 배우며 자랐지만, 저에게 가장 큰 영향을 준 것은 단연코 '책'입니다. 단순한 지식을 넘어서 철학적 생각을 하게 해 주었고, 또 다른 인생의 주인공이 되어 가보지 않은 길을 넘나들게 하는 통로가 되었습니다.

그래서 막연하게 책을 쓰고 싶다는 생각에 중학교 때 방학마다 몇 번 시작했었지만, 시간이 없다는 이유로 시들해지곤 했었습니다. 뜻하지 않게 쉬게 된 기간 동안 꿈꿔왔던 일을 할 수 있는 절호의 기회가 되었고, 저는 이 책을 쓰기로 하였습니다.

선행과 입시 지옥, 그보다 더 힘들다는 취업 전쟁에 대한 이야기로 가득 찬 요즘 사회 속에서 자신의 꿈은 어떠한지를 생각하는 계기가 되기를 바라는 마음에서 '한그리(Hungry)'를 썼습니다. 또, 자신의 꿈을 향해 열정으로 달려가는 청소년의 이야기를 '야구가 꿈이다'를 통해 풀어나갔습니다. 그러므로 이 소설의 이야기는 두 줄기로 나뉘어 있으며 '한그리(Hungry)'의 인물과 '야구가 꿈이다'의 인물 각각이 꿈을 찾아가는 여정이라고 할 수 있습니다.

이 책을 통하여 독자들에게 행복한 삶의 길이 펼쳐지길 바랍니다.

2017년 늦여름
한민우

# 차례

첫번째 이야기

# 한그리
Hungry

# 1

___

　한그리는 그의 이름에 걸맞게 배고프다. 그가 내려가고 있는 지하철 계단의 노숙자처럼 뱃속이 비어서 고픈 게 아니다. 다정하게 걸어가는 연인이 부러울 만큼 애정결핍도 아니요, 엄마 손잡고 폴짝폴짝 뛰는 아이 같은 부모 사랑이 고픈 것도 아니다. 단지 그는 돈에 고프다. 대기업의 회사원인 그리는 돈에 고파하고 있다. 그가 가난에 쪼들려 심한 고통이나 압박을 받아서가 아니다. 내일 당장 일을 때려치운다 하더라도 얼마간의 사치는 가능하다. 그렇다면, 그리는 왜 돈에 고파할까? 그리는 이렇게 답할 것이다.

"돈은 많을수록 좋은 것 아닌가요? 어떤 사람들은 돈으로 살 수 없는 것도 있다고들 말하는데, 저는 그 생각에 반대해요. 돈으로 살 수 없는 게 뭐가 있나요? 행복? 건강? 심지어 사랑까지도 돈으로 얻을 수 있잖아요. 돈이 만능이 아니란 주장들은 돈이 없는 사람들이 느끼는 열등의식과 질투심을 표출하는 것이라고 생각이 되네요. 그리고 설령 돈으로 그런 것들을 다 살 수 없다고 해도, 돈이 없으면 아예 불가능한 것들이 너무 많잖아요. 제 친구 중에는 어머니가 암에 걸렸는데, 수천만 원 되는 치료비를 감당하지 못해 치료를 포기했어요. 결국 고통받다가 돌아가셨죠. 그렇게 아파도 치료를 못 받는가 하면, 돈이 없어서 연인이 떠나는 경우도 있잖아요. 학창 시절 시급을 꼼꼼히 따지며 알바를 하는 저와는 달리, 스펙을 위한 겉치레로 알바를 하면서 돈을 맘껏 쓰는 부잣집 아이들을 보면서 두 가지 생각을 했지요. '돈은 참 멋진 존재'라는 것과 제 자식에겐 금수저를 물리게 하고 싶다고요."

"또, 아무리 큰 꿈일지라도 무일푼으로 그 꿈을 이룬다는 건 불가능한 일이죠. 그러면 헛꿈으로 끝나버릴 것이잖아요. 꿈을 이루기 위한 노력이라는 것에도 돈이 필요하겠죠? 입고 먹고 자는 의식주가 허락될 만큼의 최소한의 돈이 아니라 어느 정도의 밑천이 있어야 어떤 노력이라도 하는 거니까요. 돈이 없으면 꿈도 그야말로 개꿈이 되고 말죠. 그러니까 돈이야말로 행복한 미래를 열어주는 수단이요 힘이라는 겁니다. 그래서 저는 돈을 많이 벌어서 미래에는 하고 싶은 것을 맘껏 누리면서 살려고 요."

그렇다. 그리는 미래의 자유를 위해 달려가고 있는 것이고, 돈이 목적이었다. 가끔씩 힘들고 지칠 때면 먼 미래의 행복이 무의미한 건 아닐까 하는 불안감이 순간적으로 스치기도 했지만 무시해버렸다. 질풍노도의 길만 가득한 그리의 머릿속과 가슴은 현재의 중요성 따윈 관심 없다. 그에게 현재는 단순히 도로의 가로수처럼 미래를 향한 길에서 스치는 것에 불과하다. 그래서 자신의 존재감조차 미래의 꿈에 묻어버렸다.

'미래는 돈이다. 돈은 나의 미래다.'

오직 돈이 제일이라는 생각이 그리의 모든 것을 점령해버리고 있기 때문에 자신을 그리고 주위를 둘러볼 여유가 없다. 아무리 돈을 산더미처럼 쌓아 놓아도 그것을 쓰고 누릴 주인공이 없다면 무슨 소용인가를 모르고 있다. 미래를 준비하는 과정에서 돈보다 더 중요한 것이 자신임을 의식하지 못하고 있다.

"어떨 때는 제가 왜 사는지 의문이 들더라고요. 하지만 저는 곧 깨달았죠. 그런 의문은 제가 돈을 벌 시간을 잡아먹는다는 걸요. 사춘기 시절 방황하는 저에게 어머니께서는 말씀하셨어요. 그런 생각을 할 시간에 공부나 하라고요. 그 당시에는 그 말씀이 거슬리기만 했는데 자라고 보니 무슨 말씀을 하신 건지 알겠네요. '왜?'라는 생각할 시간에 일을 해야 한다는 것을요."

지하철을 탄 그리는 일하기 시작했다.

그가 탄 것은 개인 리무진이 아닌 지하철이었지만, 그는 정말로 남들을 키보드 사이에 낀 먼지만큼도 신경 쓰지 않았다. 앞아 있던 사람 앞에서 아픈 것을 참기 어렵다는 듯 눈치를 줘서 일으켜 세운 뒤, 자리를 잡자마자 노트북을 켜고 일을 했다. 그런 그리를 보며 사람들은 수군거리기 시작했다.

"저는 그들을 방해물로 생각해요. 이익을 주는 게 없잖아요. 손해만 주지. 그리고 그냥 무시하려고 노력해요. 제가 성공하여 돈을 벌고 나면 저들은 오늘의 내 모습은 다 잊고 성공한 나를 올려다볼 테니까요."

그리가 남들의 시선에 대한 자신의 생각을 순식간에 정리해 버리고 키보드 위의 손가락들을 빠르게 움직이는 동안, 지하철은 회사 앞 역에 도착했다. 사람들을 밀치며 두 계단씩 올라가면서도 그는 시간을 허비하지 않겠노라고 했던 맹세를 지키느라 폰을 꺼내들었다. 폰으로 주식을 확인하며 회사의 문 앞에 선 그리는 스스로에게 말했다.

"제 선생님은 말씀하셨죠. 지금 졸면 미래에 힘들게 일해야 하지만 지금 열심히 일하면, 미래에 충분히 잘 수 있고, 맘껏 즐길 수 있다고요. 그 말씀은 제 목표를 더욱 굳건히 하게 했지요."

회사의 문을 연 그의 눈에 동료들이 보였다. 다른 사람이었다면, 이른 아침부터 따닥따닥 붙은 책상에서 기계처럼 일만 하는 모습들이 안쓰럽다거나 딱하게 여겨졌겠지만, 그리의 눈에는 그렇지 않았다. 정신이 번쩍 들었다.

"일하고 있는 동료들을 보자마자 전 생각했죠. 내가 늦었구나……. 내가 뒤처졌구나 싶어서 내 자리까지 냅다 뛰어갔어요. 100m 달리기에서 누군가 나를 앞지르는 꼴을 못 보는 육상선수처럼 나는 누군가 나보다 더 열심히 일하는 꼴을 못 봅니다."

그리는 잰걸음으로 가서 잽싸게 자리에 앉았다. 뒤처지지 않으려고, 돈을 더 벌려고. 그런 그리와 동고동락하는 친구들이 그를 반겼다. 친구들의 이름은 하나같이 이상했다. 컴퓨터, 키보드, 포스트 잇. 그리는 익숙한 친구들과 조용히 작업을 시작했다. 그는 지금처럼 과묵한 친구들이 좋았다. 자신을 방해하지도 않고, 그저 묵묵히 자신을 돕고 있지 않은가. 작업을 시작하고 몇 시간이 지나서야 그의 상사가 들어왔다. 지각이다. 그러나 아무도 상사의 지각에 대해 토를 단다거나 말하는 사람이 없다. 아무도 그를 지적하지 않았다. 그리는 그 상사를 '도깨비'로 생각했다. 도깨비를 기분 좋게 하면 도깨비는 보답으로 많은 선물을 주지만, 언짢게 하면 도깨비에게 온갖 벌을 받는 것처럼 그의 상사도 마찬가지였기 때문이다.

도깨비는 늘 그렇듯이, 가방을 내려놓자마자 자두 씨에게 관심을 보였다. 자존심이 센 여직원 자두 씨는 다른 때 같았으면 수작을 거는 동료에게 따귀를 꽂겠지만, 도깨비에게만은 아니었다. 그녀는 도깨비가 하는 시답잖은 농담들에 크게 웃어주고, 도깨비가 불쾌한 행동을 해도 결코 무례하게 대하지 않았다. 그리는 그런 자두 씨의 행동에 공감했다. 누구에게도 꿀리지 않을 자존심을 가진 자신도 도깨비 앞에서는 두 손 두 발다 들기 때문이다. 왜 그럴까? 그가 자신의 미래를 책임지고 있다고 이야기해도 절대 과언이 아니기 때문이다.

도깨비는 또한 맹수이기도 했다. 다른 맹수가 그렇듯, 자신의 말을 듣지 않으면 잡아먹는다. 정말 쓸데없다고 여기는 일들을 그 맹수가 시킬 땐 당장이라도 자리를 박차고 일어나 맹수의 얼굴을 후려갈기고 싶었다. 그리의 마음 한구석에는 그렇게 반항하고 싶은 마음이 있었지만, 그는 절대 그러지 못했다. 아마, 죽을 때까지 그러지 못할 것이다. 인생의 전부와 다름없는 그리의 일자리를 쥐락펴락하니까. 자존심 상하더라도 일하기 위해선 윗선이 절대적인 존재라는 것을 누구보다 잘 알고 있기 때문이다.

"저는 여기까지 오는데도 너무나 많은 것을 희생했어요. 욱하는 행동 하나로 모든 것이 물거품이 되면 너무 허무하잖아요. 저는 얼마나 힘든 길을 헤치고 왔는지 제가 잘 알기 때문에 쉽게 포기한다거나 처음부터 다시 시작하는 일은 절대 없을 겁니다. 절대로요."

도깨비를 쳐다보며 멍하니 자신을 돌아보던 그리는 그와 눈이 마주치자 어색한 웃음을 날리고는 이내 고개를 숙였다. 그리고는 과묵한 친구들과 함께 하던 일에 박차를 가했다. 아무일도 없었다는 듯이.

다시 몇 시간이 흐르고, 점심시간이 되었다. 하루 근무시간 중 유일하게 자유(완전 자유는 아니지만)와 즐거움을 누릴 수 있는 시간이다. 다른 동료들이 삼삼오오 짝지어 와자지껄 사무실을 나갈 때까지 그리는 혼자 책상에 틀어박혀 일에 몰두하고 있었다. 그는 쪼르륵 소리가 날 만큼 배가 고팠지만, 하던 일을 멈출 수 없었다. 벚꽃이 날리고 머리카락도 함께 흩날리는 시원한 바람 속을 걷다가 밥을 먹고 카페라떼를 음미할 여유가 없었다. 1분 1초라도 소홀히 했다가 미래에 끼칠 영향을 생각하면 시간 낭비란 게 용납이 되지 않는다. 그런 행동들은 시간과 돈을 허비하는 것이라고 여기는 그리는 오피스로 음식을 배달시켰다. 배달시킨 음식 냄새가 진동했다. 순식간에 사무실 전체를 뒤덮어버렸지만, 그는 신경 쓰지 않았다. 그것보다 그의 키보드에 튄 국물을 더 걱정했다.

점심시간이 끝나고 근무시간이 다시 찾아왔다. 밖에 나갔다 온 동료들이 시끌벅적 벚꽃을 배경으로 찍은 사진들을 서로 보면서 시시덕거리는 모습에 한심스런 눈길을 보내며, 그리는 자신의 일에 열중했다. 머리는 컴퓨터 화면으로 들어갈 정도로 모니터를 가까이서 주시하고 있었고, 두 눈은 먹이를 쫓는 맹수처럼 불탔다. 그렇게 시간이 흘러갔다. 3시, 5시, 8시, 10시. 오늘도 야근이다. 하지만 그리는 불평하지 않았다. 오히려 돈을 더 벌 수 있는 기회를 준 것에 대해 고마워하며, 새벽 1시가 되어서야 집에 돌아갔다. 이정도면 몸살이라든가 만성 피로에 지칠 법도 하건만 그리는 무쇠로 만든 로봇이 아닌가 싶을 정도다. 역시 몸은 마음을 따르고 마음은 몸을 따른다는 할머니의 말씀처럼 정신적으로 굳은 결심이 그리의 몸을 더 없이 강하게 만들었나보다.

"돈을 더 벌고 싶은 마음은 굴뚝같지만 내일 일을 열심히 하려면 잠은 필수에요. 수면 부족으로 직장에서 졸기만 하면 도깨비가 절 회사에서 쫓아낼 거란 말이죠. 생각도 하기 싫네요."

꽤나 지친 그리는 침대에 눕자마자 곯아떨어졌다. 그는 먼 미래에 마음껏 쉬기 위해 일했고, 그 일을 하기 위해 잠시 쉬고 있었다. '일은 곧 돈이다.'라는 그의 신념은 변함이 없기에 새벽녘 갑작스럽게 내리는 비는 천둥과 번개까지 데려왔지만, 일하기 위해 잠든 그리를 깨우지는 못했다.

 다음 날, 그리는 다시 열심히 달렸다. 어제와 같이 아침 일찍 지하철에서 남들을 내려다보고, 회사로 가는 길 내내 돈 벌 궁리만 했다. 화사하게 피었던 벚꽃들이 새벽에 내린 빗방울의 힘을 견디지 못하고 떨어지기 시작했지만, 그는 발에 밟히는 여린 꽃잎이 벚꽃이란 것조차 관심 없다. 밟히는 것이 흙이든 종이든 벚꽃이든 아니 무엇이 지금 흩날리고 있는지조차 모르고 머릿속엔 '무슨 일부터 처리해야 하는가, 어떻게 해야 할까' 하는 생각뿐이다. 앞만 보며 회사에 도착한 그리는 여전히 과묵한 친구들과 함께 일을 시작했다. 그 전날의 삶을 재현하듯, 그의 삶은 마치 풀렸다 다시 감기는 카세트테이프와도 같았다.
 "저는 제 삶에 문제가 있다고 생각하지 않아요. 미래를 위해 열심히 대비하는 것이 문제가 있는 건가요? 저는 단지 준비성이 철저하고 부지런한 사람일 뿐이에요. 오히려 시도 때도 없이 즐기고자하는 사람들을 이해 못하겠어요. 사람이 어떻게 장래를 생각하지도 않고 눈앞의 달콤한 맛만 즐겨요? 미래에 얼마나 가슴을 치며 후회하려고요. 지금 즐기기 좋아하는 사람들을 보면 그 사람들의 미래가 불쌍해 보여요. 나중에는 제가 그들에게 존경과 부러움의 대상이 될 거고, 그들은 불행을 겪고 나서야 후회를 할 겁니다. 그러나 그땐 이미 늦은 거죠. 지난 시간은 되돌릴 수 없는 과거사가 되어버릴 테니까요."

오늘도 야근이다. 그리는 연속되는 야근을 당연하게 받아들였다. 아니 더 좋아했다. 일은 곧 돈이니까.

새벽 12시 30분, 아직도 오피스에서 일을 하고 있다. 주머니 속의 진동을 느낀 그리는 '이 시간에 누구야! 도대체 개념들이 없어'라고 중얼거리며 키보드에 올려놓았던 손을 떼고 주머니에서 진동의 근원을 꺼낸다. 그는 전화를 건 사람이 자신의 형이란 걸 알고 매우 의아해 했다.

"형이 전화를 하는 일은 거의 없었어요. 형은 저보다 더 독해서 전화 거는 시간조차 아까워하거든요."

그의 형, 한조현은 그리와 마음가짐이 매우 비슷했다. 어쩌면 형으로부터 자신도 모르게 물이 든 관념인지도 모른다. 둘 다 돈을 최고로 여기고, 지금 일해서 미래에 잘 살고자 하였다. 단지, 형 한조현에게 그런 생각이 더 단단히 박혀 있다는 표현이 맞을지도 모른다. 전화를 받고 몇 초가 지날 때까지도 전화의 반대편은 잠잠했다. 흐느끼는 소리가 들리는 것 같기도 했다.

"여보세요?"

답이 없었다.

"여보세요?"

폰을 든 채 쉬는 숨소리가 수상쩍었다. 다시 불러봤다.

"여보세요? 이 밤중에 전화를 했으면 용건이 있었을 거 아니야?"

그래도 반응이 없어 그리가 전화를 끊으려는 순간 반대편에서 형의 목소리가 들려왔다. 그는 울며 소리 지르듯 불렀다.

"그리야!"

그리는 매우 놀랐다. 형의 이런 모습은 처음이었다.

"형, 왜…… 갑자기 왜 그래? 어? 뭐 안 좋은 일 있어?"

그리는 말을 더듬으면서도 애써 침착하게 물었다. 그러나 몇 번을 물어봐도 형의 대답은 그리의 이름을 부르는 것뿐이었다. 그리는 형이 술에 취해 판단력이 흐려졌다고 생각했다.

"형, 지금 취한 것 같으니까, 들어가서 일찍 자. 응? 무언가 힘든 일이 있으면 술로 해결하려고 하지 말고. 형…… 듣고 있어? 형도 바쁜 사람이지만 나도 바빠. 형! 바쁜 사람 붙잡고 시간 허비하지 말자."

그리가 전화를 끊으려는 순간 드디어 형이 힘없이 대답했다.

"바빠?"

"어……"

"뭐하느라?"

"당연히 일하느라 바쁘지."

"일? 그리야…… 형이 최근에야 깨달았어. 우린 바보였던 거야……."

"그게 뭔 소리야? 갑자기 왜 그래? 지금 이러는 시간이 아깝지도 않아?"

그리는 평소와 다른 형의 생뚱맞은 소리에 의아해 하면서도 아까운 시간을 술에 취한 형의 넋두리 같은 거 받아줄 시간적, 정신적 여유가 없다. 누구든 내 일을 방해하는 행위는 절대 봐줄 수 없다. 슬슬 짜증이 나기 시작했다.

"형이 부탁한다. 지금 일 때려치우고 자유롭게 살아.

마치…… 어…… 어……

고양이처럼 말이야! 보헤미안 고양이처럼!"

(보헤미안 고양이는 조현과 그리가 처음이자 마지막으로 같이 보았던 뮤지컬이었다. 이 작품에서는 자유를 갈망하는 고양이에 대해 다루었다. 그리의 부모님은 이 뮤지컬을 본 후 형제에게 자유를 갈망하고 딴생각을 하는 것이 얼마나 쓸데없는 짓인지를 한참 동안 설교하셨다.)

그리는 코웃음 쳤다. 그리고 점점 화가 나기 시작했다.

"무슨 보헤미안 고양이는…… 얼어 죽을…… 이럴 시간에 일이나 하고 돈이나 벌어!"

형은 울음을 멈추고 숨을 깊게 들이마신 뒤 물었다.

"넌 왜 사니?"

그리는 어이없어 하며 미간을 찌푸렸다.

"형! 왜 살긴 왜 살아. 행복하려고 살지."

"그렇다면, 넌 지금 행복하니?"

지금 행복하냐는 말에 이제껏 당당하게 형에게 소리치던 그리는 온데간데없고 꿀 먹은 벙어리가 전화를 받고 있었다.

"……"

그리는 쉽게 말을 잇지 못했다.

"넌 행복하냐고? 왜 사냐니까?"

그리는 자존심이 상했다. 현재의 행복보다 미래의 행복을 위해 열심히 준비하는 자신이 옳은 길을 걸어왔다고 믿고, 엄청난 노력과 시간을 자신의 계획에 쏟아 부어왔다. 그는 자신의 인생이 완벽하다고 믿어왔다. 현재의 고생은 미래의 행복을 위함이라는 희망이 어느 정도 현재를 즐겁게 했는지도 모른다. 하지만 그리는 자신이 행복하다는 말이 나오지 않았다. 왜 사는지 대답할 수조차 없었다. 미래의 행복을 위해 일하는 지금은 꿈을 안고 있으니 '당연히 일 자체가 행복'이란 걸 형도 잘 알면서 무슨 말이냐고 큰소리로 대답해야 하는데 우물쭈물했다. 가슴 저 밑에서부터 뜨거운 화가 불덩어리처럼 치밀어 올랐다. 행복하냐는 질문에 당당하게 '그렇다'고 대답이 나와야 되는 것 아닌가? 지금의 고생은 미래의 행복을 위한 준비 단계니까 당연히 즐겁고 행복해야 되는 것이다. 그런데…… 그런데 그리는 지금 행복하냐는 형의 질문에 말문이 막혀버렸다.

혼란스러웠다. 나는 돈을 벌려고 살고 있다. 아닌가? 아무래도 맞는 것 같다. 그렇지만 이렇게 재미없는 삶을 사는데 무슨 의미가 있을까. 미래를 위해서라면 현재의 나 자신을 이렇게 혹독하게 부려먹어도 되는 걸까? 모르겠다. 그냥 모르겠어.

"몰라! 모르겠다고. 모르겠어.

내가 사는 이유는……

그러니까……

모르겠어! 모르겠다고."

그리는 확 울분을 토하고 점점 흐느끼기 시작했다. 돈은 나의 미래를 보장해 줄 거라는 확고한 신념으로 흔들림 없이 살아왔다. 그런데 이게 무슨 날벼락인가. 형의 질문 하나에 내 인생의 목표가 송두리째 흔들리고 있다. 왜 굳건한 내 신념이 지금 흔들리는 걸까?

그리가 힘없이 창문에 머리를 기대자, 창문 유리의 차디찬 촉감이 싸늘하게 가슴 속으로 파고들면서 온몸으로 전율을 느낀다. 미간을 좁히며 한숨을 쉬곤 혼잣말처럼 말했다.

"난 이제 어떻게 살아야 될까? 형은 어떻게 살아야 될까?"

순간 그리는 무언가를 보고 동상처럼 얼어버렸다. 그의 회사는 형이 다니고 있는 회사의 맞은편이었는데, 형 회사의 옥상 난간에 기댄 형체가 눈에 들어왔다. 선명하게 보이진 않지만 주변 건물의 불빛으로 언뜻 보이는 희미한 형체가 형이라는 자각이 불현듯 들었다.

"형, 형! 대답해!"

그리는 전화기를 부여잡고 소리쳤다. 형은 그리의 회사를 향해 손을 세차게 흔들었다. 그리곤 뛰어내렸다.

순간 아무 생각도 나지 않았고, 아무 느낌도 없었다. 모르겠다. 오감이 다 정지된 상태. 멘탈 붕괴 상태에서 벗어나는데 3분도 채 안 걸렸다. 그리는 지금 자신의 내면을 향해 나무랐다. 그런데! 왜? 이 엄청난 충격에도 불구하고 그처럼 형이 용감하고 대단해보였을까. 용기 없어 실천하지 못하는 자들의 시선, 그런 자신의 내면을 깨닫고 놀람과 반성 사이에서 혼란이 왔다.

정말 모든 것이 혼란스럽다. 미래를 위해 산다는 신념이 확고한 줄 알았지만 지금 이 순간 줄줄이 사라지는 것이 마치 컴퓨터 자판기를 잘못 만져 모든 자료가 순식간에 다 날아간 것 같다. 그리 자신이 모르는 게 너무 많다고 느껴진다. 그리고 자신이 사는 이유조차 모르겠다.

모르겠다.


그렇구나, 나의 미래를 위해 나의 현재를 버렸구나. 모든 것을 포기하고 오직 미래는 돈이요 돈은 곧 나의 미래라는 신념으로 일벌레가 되었는데……. 훗날 형처럼 그 미래를 누릴 내가 없다면 이 모든 것은 모래성이 되고 말 것이다.

그렇다면, 어디까지가 현재이며 어디서부터가 미래인가? 현재와 미래의 경계가 존재하는가? 10년 후에도 20년 후에도 그때의 나에게는 현재가 되겠지. 현재 상상으로만 내일이고 미래이지, 내일이 되면 또 현재일 뿐이야. 미래란 현재의 연속이잖아, 미래란 추상일 뿐 존재하지 않는 거야. 지금처럼 사는 것은 나도 형처럼 죽는 날까지 허상인 미래를 붙잡고 현재를 희생하는 게 아닐까? 평생 현재의 행복을 모른 채 미래만을 위한 일벌레로 희생……?

형이 왜 죽음을 선택했는지 조금은 알 수 있을 것 같다. 하지만 그리는 자신의 모든 것을 바쳐 지나온 시간의 무게가 너무 억울해서 놓을 수 없다.

'형, 형은 그 많은 시간과 고통과 굴욕을 모래성에 바쳤어? 동생만이라도 일벌레 굴레를 벗겨 주려고, 동생만이라도 모래성 그만 쌓으라고 내가 보는 앞에서 뛰어내린 거야? 이제 정신 차리라고, 그런 거야 형? 형이 쌓아온 모래성은 형이 뛰어내리는 순간 없어져 버린 거야? 그런 거야? 나 어떡해, 형!'

어떡해, 나 어떡해! 어디로 가서 무엇을 해야 할지도 모르겠다. 그리는 스스로에게 물었지만, 답할 수 없었다. 결국 자신에 대해 잘 알지 못한다는 것을 뼈저리게 느끼면서 그저 도망가고 싶었다. 일하다 말고 어디 가냐고 놀라서 물어보는 동료들과 잘리고 싶냐고 소리치는 도깨비 상사, 그리고 자신의 막역지우인 노트북과 가방을 뒤로 하고 터덜터덜 걸어 나왔다.

한참을 바닥만 보며 걷던 그리는 모처럼 하늘을 올려다보았다. 저 하늘의 별들을 쳐다보며 내일 날씨를 점쳐보았던 때가 있었지. 언제였던가? 그리곤 인생에 관한 생각이 꼬리에 꼬리를 물었다. 내일 회사에 다시 가서 무릎 꿇고 빌어야 할까. 지금이라도 회사를 깔끔하게 접고 새 삶을 살까. 그리의 마음은 새 삶을 권유했지만, 그는 그러지 못했다. 그의 마음은 자유에 대한 갈망으로 가득 찼지만, 지금의 삶을 포기할 수는 없었다. 이 삶을 살기 위해 희생한 것들이 너무나도 많았기 때문이다. 그리는 지금의 직책을 얻기 위해 끔찍한 고시원 생활도 마다하지 않았다. 새벽부터 한밤중까지 돌부처처럼 꼼짝 않고 앉아 있던 시간들, 이력서에 스펙 한 줄 더 넣으려고 고군분투했던 시간들, 옆 책상에 앉은 사람이 누군지도 모른 채 똑딱거리는 볼펜 소리가 듣기 싫어서 삼색볼펜을 쓰지 말라고 메모지를 붙였던 나날들. 그런 날들을 보낸 대가로 얻은 것이 지금의 직책이다. 어쩌면 다른 사람들은 그리의 직책을 대수롭지 않게 여길지도 모른다. 타자를 칠 수 있고 말을 잘 듣는 사람이면 누구나 할 수 있는 일이라고 생각하겠지. 한 가지를 제외하곤 맞는 말이었다. 누구나 할 수 있는 게 아니었다. 그렇게 소소해 보이는 직업도 살벌한 경쟁을 통해서 단 한 사람을 뽑았다. 다시 말하자면, 그의 직책은 타자를 '제일' 잘 칠 수 있고 상사의 말을 '제일' 잘 듣는 사람만이 할 수 있었다. 그리고 그 '제일' 잘난 놈이 되기 위해 많은 것을 희생했다.

그 예로 첫째 친구들과 연락을 끊었다. 친구들과 시간을 보내는 것이 의미 없다고 여겼기 때문이다. 그리 자신이 사회에서 성공하고 나면 지금 멀리했던 친구들도 그를 올려다보고 굽신거릴 거라고 생각해버렸다.

두 번째 취미도 접었다. 언젠간 마음껏 할 수 있을 것이라고 생각하고.

그리고 무엇보다 중요한 그의 꿈을 접었다. 지금 가장 가슴 깊은 곳에서 꿈틀거리는 것은 그 꿈이다. 그리는 작가가 되고 싶었다. 그러나 물질만능주의로 세뇌된 그에게 작가는 불안정한 직업이었기에 작가를 직업으로 택하는 것은 결코 현명한 선택이 아니라는 생각이었다. 그래서 자신의 꿈보다 돈을 택하고 대기업에 취직했다. 그리고 돈을 바라보며 새로운 꿈을 세우고 열심히 달려왔다. 그리는 지금의 삶을 포기하고 싶지 않다. 이 자리에 오기까지 얼마나 많은 노력과 시간을 투자했는지를 잘 알고 있기 때문이다.

고개를 들어보니 어느덧 자신의 아파트 앞이었다.

아직도 마음은 착잡하다. 너무나 지쳤다. 손은 힘없이 덜렁거렸고, 눈은 초점을 잃었다. 문을 따고 아무도 없는 아파트 안에 들어선 그리는 휑한 실내에서 처음으로 새로운 감정을 느꼈다.

외로움. 그리는 외로웠다. 이제까지 돈을 아끼고, 돈을 벌며 돈을 위한 삶을 살았던 그는 외로울 겨를이 없었다. 지금 처음으로 느낀 감정이었다. 형도 이런 기분이었을까. 이 낯선 감정을 추스르기도 전에 그는 너무나 피곤한 나머지 몸을 침대에 던지다시피 하고는 그대로 꿈에 빠졌다.

그리가 꾸는 꿈은 자아분열과도 같았다. 꿈속 주인공은 고양이 탈을 쓴 사람이었다. 그는 자유롭게 뛰어다니며, 먹고 싶은 것을 먹고, 뭐든 하고 싶은 것을 했다. 언뜻 보니 그의 희미한 기억 속 "보헤미안 고양이"에 대한 오마주 같기도 했다. 그러다가 갑자기 세상이 어둡게 변하더니, 비가 내리기 시작했다. 신나게 놀기만 하던 고양이는 비를 피할 곳도 찾지 못해 세차게 내리는 비를 맞으면서 무기력하게 온몸이 젖어버렸다. 훌쩍거리던 고양이는 드러눕고 콜록거리며 실신한 듯 정신을 차리지 못했다. 고양이 어깨를 흔들며 깨우던 그리는 탈이 한쪽으로 벗겨지자 소스라치게 놀랐다. 고양이 탈이 벗겨지자 자신의 모습이 드러난 것이다.

끙끙 앓는 소리를 내며 그리는 악몽에서 깼다. 온몸이 땀에 흠뻑 젖어 있었다. 정신은 맑아졌지만 눈을 뜨지 않았다. 오히려 팔뚝으로 눈을 덮어 버렸다. 바깥세상에 나가기 싫다. 현실을 맞닥뜨리기 싫다. 형이 죽었다는 것도 인정하기 싫다. 삶에 대해 그 어떤 결정도 하기 싫다. 그냥 싫다. 모르겠다. 그리는 이불을 얼굴 위로 끌어올려 덮고 이제껏 참아온 무언가를 내려놓고 울기 시작한다.

외롭다. 아니, 외로움 따위는 문제가 아니다. 고양이 탈 속의 무기력하게 젖은 자신을 발견한 그리는 하늘이 무너지는 것 같다. 이럴 수가! 내 꼴이⋯⋯. 비에 젖어 초라하고 무기력한 꼬락서니. 내가 자판기에 낀 먼지보다도 무시했던 사람들, 그들은 나를 두고 불쌍하게 여겼을 것 아닌가, 그리는 찬 기운이 온몸을 휘감는 느낌이다. 죽고 싶다. 소름이 돋는다. 아! 형이 이런 기분이었구나. 막막하다. 자신을 돌아보기 시작한 그리는 자신이 처한 상황이 눈에 들어오기 시작한다. 아무도 곁에 있지 않은 삶. 자신을 진정으로 사랑하지 못한 삶. 사랑하기는커녕 자신을 학대한 삶이었다고 깨닫는다.

아직도 마음을 다잡지 못한 그리는 일단 쳇바퀴처럼 항상 하던 일상으로 돌아가서 회사에 일하러 가기로 했다. 손에 잡히는 대로 옷을 차려입고 집을 나섰다. 며칠 전까지도 꽃샘추위로 코끝이 시렸는데, 어느새 아침 공기 속에서 길가 풀 향기가 짙게 느껴진다. 시내 중심을 가로지른 개천에도 파릇파릇 잔풀나기 계절을 알린다. 출근길 주변에 이런 것들이 있었던가 싶을 만큼 낯설다. 도대체 그동안 출퇴근 길에서 본 것은 무엇이었나. 무엇을 보면서 걷고 무엇을 보면서 차에 앉아있었던가. 오가는 길의 대자연이 이렇게 봄을 알리고 있을 동안 무엇을 바라보았던가.

지하철을 탄 그리는 노트북을 켰지만, 평소와는 달리 창 밖의 풍경을 보며 가슴이 설렌다. 앙상한 가지들 위로 눈이 쌓인 것을 흘낏 본 적이 언제였던가? 그 가지에 작은 잎사귀들이 세상에 인사하며, 도심을 연녹색으로 물들이고 있다. 흐르는 하천이 아침 햇살로 반짝이는 것이 저렇게 예쁠 수가 없다. 건너편에 앉아 있는 사람들의 모습을 보니 삶이 달라 보이고 옷차

림까지 관심이 간다. 유독 꽃무늬가 눈에 많이 띈다. 봄이라 그런가? 그리는 자신도 모르게 입고 있는 칙칙한 검은색 파카를 손가락 끝으로 지그시 누른다. 노트북 화면이 꺼지는 것을 보며 다시 엔터키를 눌러 일을 하려고 하지만 이미 눈길은 창 밖을 쫓는다. 그리가 내릴 역에 도착했다는 안내방송이 들리지만 내리고 싶지 않다. 사람들 사이에 있는 것이 좋아졌다. 외롭지가 않다. 군중 속의 고독이란 말을 들어 본 적이 있는데 그래도 지금 이 순간 사람들 틈새에 있는 것이 좋다. 고독이 아니야. 나도 저 사람들이랑 함께인 거야, 함께.

역을 떠나는 소리에 그리는 퍼뜩 정신이 들었다.

'아이, 망할…… 나 왜 이러지?'

스스로 머리를 쥐어박고 다음 역에서 내렸다. 허겁지겁 계단을 올라가 지상으로 나오자 따스한 봄 햇살이 그리의 어깨를 내리쬔다. 따뜻하다. 그는 생각한다.

'양철 로봇이 인간이 될 때 이런 느낌이 들었을까?'

그리는 상쾌하고 가뿐한 기분인 동시에 작은 혼란을 느끼며 회사로 향했다. 회사로 가는 길은 어느 때보다 더 활기가 넘쳤다. 회사 앞에서 '가족의 달' 축제가 열리고 있었다. 각양각색으로 꾸민 텐트마다 각자 테마를 준비하느라 분주한 모습이었다. 가족사진을 찍어주는 곳에서는 이리저리 반사경을 맞추고 있었고, 가훈을 멋들어지게 쓸 준비를 하는 할아버지도 먹을 가느라고 여념이 없었다. 언제였던가. 신년 초에 놀러갔다가 가훈을 써주는 분께 우리 집 가훈을 뭐로 말씀드릴지 형과 옥신각신하다가 가위바위보 삼세판을 했었지. 결국 내가 이겨서 '유지필도(有志必道)'라는 사자성어를 써달라고 부탁드려 한동안 우리 집 식탁 유리 밑에 넣어두었었는데. 형과의 추억에 묻혀 발길을 떼다 보니 우리나라 꽃을 한 장의 사진에 담아낸 사진전이 펼쳐진다. 이런 꽃들이 있나 싶을 정도로 예쁘고 이름도 특이하다. 주걱비비추, 벌개미취, 섬초롱꽃……. 또, 축제에 먹을거리가 빠질 수 없지. 동심을 겨냥한 솜사탕부터 구슬아이스크림, 반지르르하게 기름 발라 먹기 좋게 굽는 꼬치, 추억의 붕

어빵과 땅콩빵까지…….

조금 있으면 문전성시를 이루겠지. 한쪽에선 서커스 준비에 한창이라 피에로 분장에 열중이다. 어렸을 때 보았던 서커스가 떠올랐다. 작은 원숭이들이 유치원에 다니는 서커스도 있었고, 아슬아슬하게 줄 위를 타는 곡예도 있었다.

이런저런 모습을 그리던 그리는 물질적인 자아에 이끌려 정신을 퍼뜩 차리고 회사로 성큼성큼 걸어가고 있었다. 그때, 굳고 곧았던 그의 눈길을 돌리게 한 것은 서커스도, 멋진 사진도 아닌 노화백이었다. 그 화백은 행색으로 보아 부유해 보이지 않았고 '한 장에 5천 원'이라는 낡은 입간판이 세워져 있는 것으로 보아 그림을 그려준 값으로 간간이 생계를 유지하는 분인 것 같았다. 그러나 그리의 눈에 그 화백은 더없이 여유롭고 편안해 보였다.

"그가 가난해 보였을까요? 제 눈에 그는 너무나 풍족해 보였어요. 그분은 제가 원하는 것을 갖고 있는 듯했죠. 저는 그분을 동경했습니다."

그리는 노화백에게 다가섰다. 화백의 의자 옆에는 검은 고양이가 배를 깔고 누워있었다. 그리는 노인에게 다가가면서도 동시에 직장에 나가야 한다는 생각이 들었지만, 그 고양이가 자신을 부르는 듯했다. 고양이는 그리를 잘 알고 있다는 듯이, 그의 괴로운 마음에 공감한다는 듯이 애잔하게 그를 응시했다. 마치 형이 고양이로 다시 태어난 것 같았다. 그리는 형의 말을 곱씹었다.

'그래, 하고 싶은 일을 하자. 나를 위한 삶을 살자.'

그리고 멈춰 생각해보았다.

'내가 지금 하고 싶은 게 뭔가? 일을 즐기면서 하는 방법은 무엇일까? 어떻게 하면 나를 위한 삶을 살 수 있을까?'

자신도 모르는 사이에 그리는 화백에게 다가섰다.

"참 좋은 아침이지요? 무엇을 어떻게 도와드릴까요?"

"그림을 그리고 싶습니다."

"아! 그건 내 전문이오. 여기 의자에 편안하게 앉으시오."

그리는 자신을 그리려는 것이 아니었다.

"저…… 저는 제 형의 얼굴을 그리고 싶습니다."

"그렇다면, 형을 데려오시오. 멋있게 그려 드릴 테니."

"선생님, 제 형은 얼마 전 제 곁을 영원히 떠났습니다."

그리는 지갑에서 형의 사진을 꺼내들었다.

"형을 기억하고 싶습니다. 이 사진을 보시고, 제 형을 그려 주실 수 있을까요?"

화백은 그가 부탁한 형의 사진을 유심히 쳐다보더니, 이내 그림을 그리기 시작했다. 그리는 화백과 이야기를 나누면 왠지 마음이 편안해질 것 같아서 회사에 들어갈 생각을 접고 그의 옆에 자리를 잡았다.

"선생님, 선생님께서는 세상을 다 가진 듯이 여유롭고 행복해 보이십니다. 그런데 이런 말이 예의가 아닌 줄 압니다만 물질적으로 아주 풍요로워 보이진 않습니다. 어떻게 가진 것이 없어도 행복할 수가 있죠? 어떻게 해야 행복한 삶을 살 수 있는 겁니까?"

화백은 고개를 숙인 채 그의 얼룩진 안경 위로 그리를 바라보았다.

"젊은 사람이 참 깊은 생각을 하는구먼. 우선, 젊은이는 왜 그런 질문을 하나?"

그리는 자신이 일벌레로 살아 온 날들을 떠올리며 잠시 생각에 잠겼다. 무대 아래에서 자신의 공연을 본 듯한 그리는 자신은 일벌레였다고 생각했다. 내가 저랬다. 내가 저렇게 살았구나.

부끄럽지만 주저하다가 용기를 냈다. 자신의 생각들을 털어 놓기로 마음먹었다.

"저는 정말 열심히 살았습니다. 이제까지 저는 미래의 행복을 위해서 제 인생에 있어 소중한 것들을 희생하면서까지 일했습니다. 가끔 삶에 대해 의문점이 들었지만 무시하고 지나왔습니다. 왜냐하면, 돈이 미래를 보장한다고 굳게 믿었기 때문입니다. 그래서 미래는 곧 돈이라는 신념을 잠시도 내려놓지 못하고 돈을 위한 삶을 살았어요. 일은 곧 돈이라는 신념으로 밤낮 가리지 않고 일을 했습니다. 직장에서 점심시간에 식당으로 가는 시간도 아까워서 굶거나 배달 음식으로 간단하게 허기를 채우곤 했을 정도로요. 그런데 얼마 전, 저처럼 아니 저보다 더 열심히 일만 하며 살던 형이 스스로 자신의 삶을 포기해버렸습니다. 저에게 자유로운 삶을 살라는 말을 남기고요."

아무 말 없이 그림을 그려나가던 화백은 연필을 잠시 멈추었다. 물끄러미 그리를 바라보던 화백은 담담히 입을 뗐다.

"젊은이에게 몹시 힘든 시간이었겠구먼. 그래도 너무 늦지 않아서 다행일세."

'늦지 않았다니, 뭐가 늦지 않았다는 것인가?'

"예?"

"음. 세상은 참으로 아름답지. 하지만 저 아름다움을 어떻게 그리느냐에 따라 얼마든지 달라진다네. 세상을 아름답게 살고 싶거든 자네의 세상을 자네가 가꿔보게. 자네가 진정으로 하고 싶었던 일이 있었을 게야. 그걸 찾아야 해. 그리고 지금 자네가 그 일을 어떻게 할 수 있을지를 잘 궁리해보게나. 자네는 아직 젊지 않나? 행복은 찾아서 얻어지는 것이 아니라 스스로 만드는 것이라네. 바라고 바라던 소원이 이루어지면 행복할 것 같지? 아닐세, 행복이 저만치 보여서 죽을 힘 다해 그 길에 가면 또 저만치 물러 서 있지. 그러니까 행복을 찾아 나서는 것은 끝이 없지만 스스로 행복을 만드는 것은 맘먹기에 따라 아주 쉬울 수도 있다네. 자네가 하고 싶은 일을 찾아서 하게 되면 자신도 모르는 사이에 자네 옆에는 행복이 자리하고 있을 게야. 행복은 그런 것이라네."

그리고 화백은 말없이 형의 그림을 완성해나갔다. 고양이도 덩달아 편안한 자세로 자리를 잡더니 눈을 스르르 감았다.

그리는 오랫동안 가슴을 짓누르고 있던 벽돌 하나가 없어진 느낌이다. 실은 엉뚱한 생각과 허상인 미래에 사로잡혀 무게를 느낄 겨를도 없었던 상처의 덩이였지만, 형이 떠난 후 견디기 힘들만큼 무거워졌다는 걸 알았다. 아무도 억압하지 않았지만 스스로 속박되었고, 아무도 빼앗지 않았지만 자유를 잃은 채, 오직 그 허황된 돈, 돈을 짊어지고 방황한 그리 자신의 모습이 이제 보인다. 이제야 부끄럽다. 나를 위한 삶, 현재에 충실한 삶이야말로 미래를 보장하며 행복을 부른다는 근본적인 섭리를 깨닫지 못하고 바보같이, 일벌레가 되어 살아왔다. 그동안 곁에 있던 사람들이 자신을 벌레 보듯 했을 것 같다. 화백의 말씀이 맞아. 늦지 않았어. 한 발자국 한 발자국 현재를 즐기며 탄탄히 쌓으면 지금도 행복하고 미래도 행복할 거야.

'그래, 내가 진정으로 하고 싶었던 일을 하는 거야. 나는 무엇을 하고 싶었던 걸까?'

너무 오랫동안 나를 눌러왔던 것일까. 이제 무엇을 해야 하나 언뜻 떠오르지 않는다. 내 목표, 나의 일, 나의 미래가 무너졌다. 새로운 길, 새로운 길을 찾아야 해. 어딘가에 이정표가 있을 거야.

집으로 돌아온 그리는 심기일전의 마음으로 책상부터 정리하기 시작했다. 각종 서류가 산더미같이 쌓여 있었고, 포스트 잇이 군데군데 덕지덕지 붙어 있었다. 그 맨 밑에 공책 한 권이 깔려 있었다. 집어 드는 순간 마치 잊지 못한 첫사랑의 편지를 발견한 것처럼 설렘과 그리움이 고개를 들었다. 선뜻 열지 못하고 한참 동안 눈을 감고 뇌리를 스치는 영상에서 행복을 찾았다. 중학교 때였지, 나의 미래는 삶의 철학을 문학으로 남기고 아름다운 자연을 노래하는 작가로 명성을 떨치는 것. 그땐 가슴도 촉촉했지. 공책을 열자, 낯익은 글씨체가 눈에 들어왔다. 이제야 진하게 다가왔다. 그동안 꽁꽁 싸서 묶어 둔 꿈이. 온몸으로 짜릿한 전율이 흘렀다.

# 「모리와 함께 한 화요일」를 읽고

00 중학교 한그리

중학생이 되면서 가치관이 혼란스러웠던 내가 금세 빠져든 책이 있었다. 그것은 「모리와 함께 한 화요일」이었는데, 아직까지도 그때 받은 여운이 남아 있다. 1년 남짓 지나서 다시 읽어보아도 여전히 나에게 진한 감동을 주기에 이 책을 소개하려 한다.

모리 교수는 미치가 다녔던 대학교의 교수로, 미치의 멘토 역할을 하며 그를 도와 매우 친하게 지낸다. 그러다 미치가 졸업한 후, 그는 모리 교수를 잊은 채 자신의 일상적인 삶 속에서 허덕이며 살아간다.

모리가 루게릭병으로 갑작스러운 사망선고를 받게 된

사실을 알게 된 미치는 자신의 은사인 모리를 찾아

간다. 미치는 화요일마다 모리를 만나 인생에 관한

이야기를 나누며 수업을 듣고, 진정한 삶에 대하여

알아가게 된다.

나는 이 책을 읽으면서 어느새 모리의 제자가 되

어 있었고, 그는 나에게 무엇이 소중한 것인가를 깨

닫게 해주었다. 당신은 인생에서 무엇을 가장 소중

하게 여기는가? 돈? 명예? 모리는 사랑을 나눠주고

사랑을 받아들이는 법을 배우는 일이 인생에서 가장

소중하다고 하였다. '인간은 사회적 동물'이라는 말

이 있듯이, 사람들은 서로에게 존중받고, 사랑받아야

한다. 당신이 사랑을 나누어 준다면, 불빛이 방을 훤

히 비추듯이 사람들을 밝게 해줄 것이고, 당신이 사랑받고 있다면, 갓 빨은 이불에 누운 아기처럼 기분이 좋을 것이다. 그만큼 사랑의 주고받음이 중요하다는 뜻이다. 더 나아가, 돈을 써야지만 경제가 활성화되는 것처럼, 사랑을 써야지만 사회가 평화로워진다.

모리는 행복에 대해서도 많은 말을 했는데, 그는 우리가 행복하지 않은 이유가 TV나 휴대폰, 컴퓨터 등과 같은 우리가 만든 문화 때문이라고 하였다. 행복하기 위해선 각자 자신만이 즐길 수 있는 문화를 만들어야 한다. 예를 들면, 잠시 휴대폰을 내려놓고 산책을 하는 것도 좋은 방법이다. 하지만 아무리 산책으로 힐링을 하더라도 전자기기를 켜는 순간, 그동안의 UP되었던 효과들이 Down되어 상쇄되는 것이다. 내가 말하고자 하는 바는 자신만의 문화를 만들고 전자 기기를 적당히 하는 방향으로 습관화시키라는 말이다. 예를 들어, 등산을 좋아하면 등산을 마음껏, 충분히 한 후 TV를 틀지 않는다. 자신만의 문화를 습관화하면, 결국 행복 만점이 될 것이다.

우리는 모리를 다시 만나기 전의 미치처럼 인생에서 중요한 것을 잊고 사는 것은 아닌지 되돌아보아야 한다. 왜냐하면, 누구보다도 삶이 파란만장하고 바쁜 청소년이기 때문이다. 빠르게 변화하는 세상에 자신을 맞추기 위해 오직 목표에만 집착하고 사랑과 행복을 모른 채 살아간다면 얼마나 불행한 일인가? 그러지 않기 위해서 우리는 사랑을 주고받을 줄 알아야 하고, 자신만의 문화를 만들어 진정한 행복을 찾아야 한다는 모리의 충고를 가슴에 새겨 잊지 말아야 한다.

공책의 글을 읽은 그리의 눈빛에 무언가 변화가 온다. 생기가 돈다. 틀림없는 마음의 작은 요동이리라. 긴 터널을 벗어난 모양이다. 그동안 고통을 겪으면서도 그 고통을 느낄 수조차 없었던 영혼 부재 상태의 시간들이었다. 내 가슴에 모리교수를 모시고 스스로 모리교수의 제자가 된 시절이 있었구나. 중학생인 내가 이런 생각을 할 줄 아는 가슴이었구나. 저절로 볼 가득 미소를 머금게 하는 따뜻한 소년이 어쩌다가 이렇게 되었을까.

지난 일들을 돌이켜 보니 열정이라기보다는 영혼 없는 집념이었고 기계적인 삶이었다. 소설 속 등장인물도 아니고, 바로 그리 자신이 살아온 일상이 그저 쳇바퀴만 돌리고 있는 다람쥐보다 더 한심했다. 쉼 없이 일하는 개미와 꿀벌과도 같은 생활이었다. 그런 식으로 생명을 이어가는 개미들은 행복할까. 돈을 쌓아놓은 미래는 과연 얼마나 행복할까. 지금도 행복하고 미래도 행복한 길을 두고 고생하며 돌고 돌아 여기까지 왔다. 형처럼 견디지 못하고 뛰어내린다면 인간이 개미보다 나은 것이 없지 않은가. 형의 삶이 억울하다. 너무 억울하다. 생각할수록 힘겹게 지탱해온 그 시간과 노력들이 아깝다.

형.
오직 환상적인 미래를 위해 참아 온 고된 삶, 굴욕적인 주위의 시선들, 상처투성이 자존심을 치유할 틈도 없이 덮어만 두

다가 이제 그 자존심이 곪아서 터졌던 거야. 우리 형을 저렇게 만든 미래의 행복 따위가 원망스럽다. 싫다.

"형.

우리가 지금 이 시간의 중요성을 몰랐어, 현재의 중요함을 뒤로 한 채 '미래' 라는 허공에서 허우적이고 있었어. 형, 우리가 조금만 여유를 가지고 가끔 만나서 오고가는 대화라도 했더라면 잘못된 길에서 빠져나올 수 있는 서로의 이정표가 되지 않았을까. 조금만 더 생각이 깊었다면 아니 조금만 더 지혜롭고 여유로움을 가졌다면 잘못된 길에서 다시 새로운 길을 찾을 수 있었을 텐데. 형은 지금까지의 노력을 스스로 시궁창에 던졌어.

형.

난 이제 뭐가 중요한지 깨달았어. 삭막해진 내 가슴 속을 다시 가꿀 거야. 지금의 나를 사랑하면서 내 주위를 둘러보고 함께 하는 삶을 가꿀 거야. 이렇게 내 삶의 길에서 방향 전환을 하게 해 준 형의 죽음을 절대 잊지 않을게. 형, 떠나는 순간에도 나를 잊지 않고 구해주려고 애써줘서 고마워. 그리고 하늘나라에서는 편안하고 여유롭게 살아. 형."

어느새 그리의 두 뺨은 눈물로 젖어 있었다.


「모리는 사랑을 나눠주고 사랑을 받아들이는 법을 배우는 일이 인생에서 가장 소중하다고 하였다. '인간은 사회적 동물'이라는 말이 있듯이, 사람들은 서로에게 존중받고, 사랑받아야 한다. 당신이 사랑을 나누어 준다면, 불빛이 방을 훤히 비추듯이 사람들을 밝게 해줄 것이고, 당신이 사랑받고 있다면, 갓 빨은 이불에 누운 아기처럼 기분이 좋을 것이다.」

이 구절이 가슴에 남는다. 아, 나의 이정표를 찾았다. 그리는 그때의 그 감성이 살아난 듯 설렘이 인다. 얼마 만에 느끼는 설렘인가. 번개처럼 눈 깜짝할 사이에 변화되는 것은 아닐 테지만 그리의 가슴은 이미 봄날이다.


그래, 글을 쓰자.

자신을 잃은 채 무언가의 노예가 된 사람들, 형처럼 힘없이 포기하는 사람들, 헬조선이라고 푸념하는 사람들을 위해 ……, 나처럼 잘못된 길에 든 사람들에게 탈출구를 찾게 하는 글을 쓰자.

그리고 나를 위해 글을 쓰자.

그래서 나도 누군가에게 그 노화백처럼 위안을 줄 수 있다면, 더 이상 무엇을 바라겠는가. 나도 행복하고 나로 인해 누군가도 행복을 찾는다면 더 이상 바랄 것 없다. 그것이 진정한 행복 아니겠는가.

이렇게 되뇌며 창가로 가 밖을 내다보니 주변의 나뭇잎들이 참 맑고 밝은 녹색이다. 그 위로 파아란 하늘이 펼쳐지고 있다. 그리의 새로운 꿈과 함께.

두번째 이야기

야구가 꿈이다

# 2

—

　양현종 선수의 손을 떠난 볼이 팬들의 환호를 받으며 포수의 손에 안착한다. 투 스트라이크다.

　삼진을 잡을 수 있는 기회. 양현종의 볼을 타고 한 방울의 땀이 또르륵 흘러내린다. 차분히 땀을 닦고 정신을 가다듬는다. '흡' 숨을 크게 들이마신 뒤 자세를 취한다. 그리고 차분히 공을 던진다. 그렇게나 차분히 던진 공이 온갖 기교를 부리며 움직이는 모습이 놀랍다. 그의 손을 미끄러지듯 탈출한 구체는 자전과 공전을 하며 멋지게 휘어진다. '턱.' 공이 포수의 글러브에 깔끔하게 들어왔다. 멍하니 서 있던 타자는 혹시나 하는 마음에 심판의 사인을 본다. 영락없는 스트라이크다. 3구 3진으로 아웃이다. 그는 고개를 절레절레 흔들며 터덜터덜 더그아웃으로 돌아간다. 그러나 그의 팀 중 아무도 그에게 뭐라고 하지 않는다. 어느 누가 그 자리에 있었어도 그렇게 빠른 공을 받아칠 수 없었다는 사실을 잘 알고 있기 때문이다. 관중들은 더 열광하며, 모두들 양현종 선수의 이름을 불러댄다.

"양현종! 양현종!"

어린 꼬마부터 나이든 어르신까지 모두 한마음으로 그의 이름을 외친다. 여덟 살 한노을도 예외는 아니다. 평소에 조용하고 낯을 많이 가리는 노을이도 야구장에만 오면 돌변한다. 노을은 두 팔로 하늘을 찌를 듯이 위로 번쩍 들고 목에 핏줄이 서고 입이 찢어질 정도로 크게 소리친다. 양현종 선수가 힘주어 공을 던질 때마다 관중들은 그보다 더 힘주어 소리 지르며 야구장을 함성의 도가니로 만든다. 경기가 7회로 접어들자, 투수교체가 이루어진다. 그는 환호하는 관중들에게 인사를 하며 마운드에서 내려온다.

노을은 양현종 선수가 나가고 새 투수가 들어올 동안 화장실에 가려고 일어섰다. 긴장이 풀어져 오줌이 더 마려운 것 같았다. 노을은 바닥에 놓아둔 갖가지 군것질들을 밟지 않도록 요리조리 몸을 움직이며 빠져나왔다. 중요한 순간을 놓칠세라 그는 짧은 다리로 열심히 뛰어 화장실에 도착했다. 야구장 화장실은 언제나 붐빈다. 그래도 운이 좋게 자리 하나가 비었다. 노을은 그의 조그마한 체격을 이용해 소변기를 차지했다. 시원하게 방광을 비우고 옷매무새를 정리했다. 후줄근한 바지를 허리 끝까지 올리고 밖으로 나가려 할 때, 평생 기억에 남을 일이 벌어졌다.

그의 앞에 서 있는 사람은 누구였을까. 노을은 순간 숨이 쉬어지지 않았다. 그의 눈은 어느 때보다 커졌고, 두 손은 놀라 벌어진 입을 어설프게 막고 있었다. 노을은 온몸으로 놀람을 표하고 있었다. 자신의 눈을 믿을 수 없다는 듯이 두 눈을 질끈 감고 고개를 세차게 흔들었다. 그리고는 자신 앞의 거대한 남자를 바라보았다. 사람들의 시선과 관심을 한몸에 받고 있는 그 사람은 의심의 여지없이 양현종 선수였다. 노을은 지금 벌어지고 있는 이 상황을 믿을 수 없다. 몇 분 전까지 이름을 불러댄 그 야구 선수와 만날 것이라고는 꿈도 꾸지 못했기 때문이다. 수많은 생각들이 머릿속을 스쳐갔다.

'여기 왜 왔을까? 내가 먼저 말을 걸어도 되나? 무슨 말을 해야 하지? 설마 날 무시하진 않겠지? 사인을 부탁해볼까?'

양 선수는 멍하니 서 있는 노을에게 다가왔다. 그는 자신을 향해 눈을 동그랗게 뜨고 입을 막고 있는 노을이가 귀엽다는 듯 웃었다.

"이름이 뭐니?"

"네, 네⋯⋯. 노을이요. 한노을. 저는 야구 선수 중에서 아저씨를 제일 좋아해요."

"그래? 우리 꼬마가 내 팬이란 말이지?"

그는 노을이 쓰고 있는 모자를 벗기더니, 주머니에서 펜을 꺼내 사인을 해줬다.

"야구를 사랑하는 나의 팬 한노을에게"
양 현 종

"자, 노을아, 마음에 드니?"

"네, 네……. 정말 감사해요!"

"노을아, 우리 팀 열심히 응원해주고, 공부도 잘하렴."

"공부요? 저는 아저씨 같은 야구선수가 될 건데요?"

"그렇구나. 넌 최고의 선수가 될 거야."

양현종 선수가 노을이의 모자를 다시 씌워줬다.

그날 밤, 노을은 가슴이 두근거려 잠을 잘 수 없었다. 머릿속에서 아까의 일이 계속 생각난다. 꿈만 같다. 양현종 선수를 만난 것, 자신의 이름을 불러주고 사인을 해준 것. 노을은 침대에 누워 팔을 허공에 저으며 공을 던지는 시늉을 한다. 노을의 손을 떠난 구체는 빛의 속도로 날아가 정확히 포수의 손에 들어간다. 사람들이 외치기 시작한다.

"한노을! 한노을!"

자신의 이름을 외치는 관중들 시선 한가운데에 꼬마 한노을이 보인다. 자신이 양현종이 된 기분이다. 그가 두 팔을 번쩍 들고 승리 포즈를 취하자, 함성소리가 더욱 거세어진다.

"잘생겼다! 한노을!"

"힘내라 힘!"

관중들은 갖가지 찬사를 외치며 노을을 응원한다.

"최고다, 최고!"

"일어나!"

'음? 일어나? 뭔가 이상한데?' 그 순간 노을은 눈을 떴다. 엄마가 노을을 깨우고 있었다. 몸을 일으켜 세운 뒤 노을은 창문 밖을 바라본다.

'비록 꿈이었지만 정말 기분 좋았어.'

노을은 침대에서 일어나 소파로 향했다. 여전히 간밤의 꿈 속에서 벗어나지 못한 채 헤매고 있는 것 같았다.

"잘 잤어? 우리 아들."

"예. 아빠!"

아빠가 아직 집에 계신 것을 안 노을이 놀라며 말했다.

"아빠, 왜 집에 계세요? 오늘은 일찍 출근 안 하셨네요?"

"달력을 보려무나. 오늘이 며칠이게?"

5월 5일. 어린이날이었다.

아빠가 하루 종일 집에 있을 것이란 걸 안 열정 충만한 꼬마 노을이는 하루 종일 야구를 하며 놀아달라고 했다. 아버지는 조금 당황스러워하는 눈치였다.

"갑자기 왜? 놀이공원이 아니고? 야구를 좋아한 것은 알았지만 이렇게 좋아하는 줄은 몰랐네. 그래, 오늘은 어린이날이니까 노을이가 놀아달라는 대로 아빠가 놀아줄게!"

노을과 아빠는 집 앞의 고등학교 운동장으로 향했다. 야구를 맘껏 한다는 생각에 들뜬 꼬마는 저만치 먼저 달려갔다. 하늘을 올려다본 노을은 구름조차 야구공 모양으로 보였다. 운동장에 먼저 도착한 노을은 아빠에게 소리쳤다.

"빨리 좀 와요!"

노을은 자신이 아빠에게 글러브를 포함한 짐을 다 맡겼다는 사실을 잊고 있다. 부자는 공을 던지며 놀기로 했다. 노을이 투수의 역할을 맡고, 아빠가 포수가 되기로 했다. 자신도 모르는 사이 노을은 비장해진다. 바람이 스산하게 불더니 모래를 들어 올려 회오리로 만든다. 나뭇잎들도 바람을 따라 날아다니다 공이 되어 구르기도 한다. 새들도 분위기를 눈치챘는지 짹짹거리기를 멈추고 조용해진다. 노을은 입을 삐쭉 내밀고 양현종 선수의 표정을 따라 한다. 미간을 좁히고 모자를 바로잡는다. 노을은 팔을 머리 위로 들어 올리고 투구 자세를 취하더니, 정확한 타이밍에 맞춰 오른팔을 뒤로 뺐다가 튕기듯 앞으로 향하게 한다. 노을은 느낀다. 자신의 존재감을. 자신이 야구 선수로서 성공할 것이라는 사실을. 하지만 그가 던진 야구공은 맥없이 땅에 추락한다. 포수 근처에도 못 가고……. 얄궂은 흙먼지만 피어오른다. 노을은 한없이 실망스럽다.

'분명 그와 똑같이 했는데…… 왜 안 되지?'

"한 번 더 해봐!"

노을이 몇 번이고 반복하며 공을 던져 봐도 결과는 그대로였다. 자신에게 제대로 실망한 노을의 눈에서 닭똥 같은 눈물이 떨어졌다.

"아직 몸이 풀리지 않았구나. 뭐 한번 실수로 그렇게 실망하니? 그러지 말고 한 번만 다시 해 봐."

노을은 자꾸 다시 하라고만 말하는 아빠가 야속하고 원망스럽다. 자신도 모르게 노을은 소리를 빽 지르고 말았다.

"몇 번 해도 안 되잖아요! 그 말 좀 그만하세요!"

아빠는 노을의 마음을 이해했다.

"처음부터 잘하는 사람은 없어. 기초부터 차근차근히 하자. 아빠가 좀 알려줄까?"

"그렇지만 저는 최고의 야구 선수가 될 거란 말이에요! 양현종 선수가 저한테 그랬어요!"

아빠는 고민이 된다. 노을의 순수한 동심을 깨뜨리고 싶진 않지만, 한편으로는 양 선수의 말을 너무 진지하게 받아들여 야구 선수를 꿈으로 갖지 말았으면 하는 바람이다. 아빠는 직업의 귀천을 가리는 것이 아니다. 단지 노을은 야구선수에 적합한 체격이 아니다. 워낙 삐쩍 마른 체격이다 보니 바람 부는 날이면 행여나 날아갈까 무섭다고 노을이 엄마가 농담할 정도이다. 그렇지만 아빠는 곧 마음을 정한다. 동심을 지켜주기로 마음먹는다. 지금 노을이 야구 선수의 꿈을 갖는다고 해서 그 꿈이 계속될 것이라고 생각하지 않기 때문이다. 예를 들면, 아빠 자신도 어릴 때는 과학자가 되고 싶었다. 하지만 지금 그의 모습을 보라. 지루한 공무원일 뿐이다. 아빠는 노을과 눈을 마주치고 어깨에 두 손을 얹었다.

"맞아. 넌 끝내주는 야구선수가 될 거야. 근데 노을아, 그거 알아? 양현종 선수도 야구를 처음부터 잘하지는 못했대. 연습을 차근차근히 해서 지금의 자리에 오른 거지. (확인되지 않은 아빠의 생각이다.) 아들, 아빠랑 열심히 해보자."

노을은 양현종 선수도 그런 시절이 있었다는 것을 믿지 못하겠다는 눈으로 아빠를 쳐다본다.

"그래요? 그럼 저도 연습 많이 해서 이다음에 양현종 선수랑 같이 경기할래요!"

아빠는 두 투수가 동시에 경기할 수 없다는 것을 알지만 말하지 않는다.


다가오는 금요일은 노을의 생일이었다. 새벽 5시. 다른 때 같았으면 모두가 자고 있을 때였지만 오늘만큼은 아니다. 누군가 방문을 열고 소파에 풀썩 앉는다. 노을이다. 아직은 졸린 듯 하품을 하고 고개를 뒤로 젖힌다. 손으로 얼굴을 한번 슥 닦더니 눈을 이내 뜬다. 아침 일찍 눈을 뜬 것은 생일선물을 찾기 위함도 아니요, 먹을거리를 준비하기 위함도 아니다. 단지 설레서 잠이 오지 않았던 것이다. 노을은 생일마다 선물을 받는 대신 소원을 빌었는데, 이번에도 준비해 둔 소원이 있다. 노을은 최근 며칠 간 그 소원만 떠올렸다. 생각만 해도 입가에 미소가 번진다.

한두 시간이 지나고 부모님이 잠에서 깨어 거실로 나왔다. 아직도 졸린 듯 눈이 반 감겨 있다. 졸린 건 어른이나 아이나 똑같다. 아빠는 노을이를 보고 놀란다.

"어? 노을아, 언제부터 나와 있었어?"

"다섯 시요."

"왜? 방에 모기가 있니?"

아빠는 하품을 반쯤 참으며 묻는다.

"그게 아니라……, 소원 때문에 설레서요."

"보통 때는 깨워도 안 일어나더니 오늘은 혼자서 잘만 일어나네. 소원은 이따가 듣고 일단 먹을거리를 준비하자."

부모님은 거실에 조그마한 책상을 놓고 케이크를 올렸다. 달콤한 케이크의 냄새가 거실 구석구석을 채운다. 그러나 노을은 케이크에는 눈길도 주지 않는다. 아직도 자신만의 세상에 빠져 있다. 엄마가 소파 위에 앉아 있는 노을을 불렀다.

"우리 왕자님! 이리 와서 같이 노래를 불러요!"

엄마의 목소리는 케이크보다도 달콤하다. 노을이네 가족은 케이크 주위에 둘러앉아 박수를 치며 노래를 불렀다. 비록 소박하지만 행복하다. 자신을 사랑해 주는 엄마, 아빠와 함께하는 것이 너무 좋다. 노래가 끝나자 '훅!'하고 한 번에 촛불을 껐다. 모두가 온 힘을 다해 박수를 쳤다. 박수를 치는 사람들은 몇 명 없지만, 그들의 박수 소리는 더없이 풍족하다. 꺼진 촛불에서 생긴 회색 연기가 아침 햇살을 받으며 이리저리 고개를 흔들다가 천정을 향해 사라졌다.

"그래, 노을 왕자님. 아침부터 기대하고 있던 소원이 뭔지 들어볼까요?"

"나도 다 궁금하네."

노을은 뿌듯한 표정을 짓는다. 여태껏 꿈꿔왔던 것이 현실이 되는 순간이다. 노을은 자랑스럽게 외친다.

"뭐? 진심이야?"

노을의 생일소원을 들은 엄마와 아빠의 눈이 휘둥그레진다. 노을도 덩달아 놀란다. 자신의 소원을 엄마와 아빠도 무조건 좋아할 것이라고 생각했던 모양이다.

"네, 네. 진심이에요. 마음에 안 들더라도 꼭 이루어주셨으면 좋겠어요."

노을의 소원은 고급 장난감의 구입도, 귀여운 애완동물의 입양도 아닌 '이름 바꾸기'이다. 엄마와 아빠가 당황스러워한 이유는 몇 가지가 있다. 첫 번째, 여덟 살 노을이가 어떻게 개명의 개념을 알았을까? 두 번째, 엄마와 아빠는 노을의 이름에 큰 애착을 가지고 있었다. 돌아가신 할아버지께서 특별히 지어주신 이름이기 때문이었다. 붉게 떠오르는 태양의 강렬함은 없지만, 세상 모든 것을 품듯이 시나브로 물드는 저녁노을의 아름다움을 닮으라는 뜻임을 노을도 이미 알고 있었다. 그렇기에 엄마와 아빠는 혼란에 빠졌다.

"음, 어, 음. 노을아, 음."

부부는 말하기를 멈추고 서로의 눈을 맞추며 텔레파시를 보냈다.

'어떻게 해야 되지?'

'걔는 갑자기 이름을 왜 바꾸자는 거야?'

'우리가 당황하면 노을이가 그걸 느끼고 덩달아 혼란스러워할 거야. 그러니까 우선 몇 가지를 물어보자.'

아빠가 노을을 바라보며 말했다.

"이름을 바꾸고 싶구나. 그래. 근데 이름 바꿀 수 있다는 걸 어떻게 알았어? 음?"

"제 친구 중에 병진이란 애가 있어요. 이름이 이병진인데, 다른 친구들이 나쁜 말을 배워서 걔한테 음…… 어……"

"괜찮아. 지금은 말해도 돼."

부부는 상냥하게 미소 지었다.

"병……신이라고 놀렸어요. 선생님이 하지 말라고 하셨는데도 애들이 계속 놀려서 병진이 엄마가 이름을 '지수'라고 바꿨대요. 그래서 이제는 반 친구들이 안 놀려요."

"그렇구나. 노을은 어떤 이름으로 바꾸고 싶은데?"

노을의 가슴은 콩닥콩닥 뛰었다. 그의 얼굴에는 미소가 번졌다.

"저는 이름을…… 그러니까…… 현종으로 바꾸고 싶어요."

"현종?"

"네. 저는 커서 유명한 야구 선수가 될 건데, 사람들이 기억하기에 좋은 이름이 필요해서 양현종 선수의 이름을 땄어요. 그리고 저는 양현종 선수처럼 될 거거든요."

노을은 자신의 미래를 상상한다. 자신이 공을 던질 때마다 열광하는 관중들. 자신의 사진을 찍어 기사를 쓰는 기자들. 기자들은 이렇게 제목을 지을 것이다. '양현종에 이은 한현종!' 얼마나 멋있을까. 생각만 해도 행복하다.

"그러니까 한현종으로 바꾸고 싶다는 얘기지?"

노을은 고개를 끄덕인다.

"다른 이유 때문이면 엄마한테 말해. 알았지? 아까 말했던 친구처럼 누가 놀린다거나, 지금 이름이 마음에 안 들거나 하면 얘기해 줘. 그것 때문이면 이름 바꾸는 것 말고도 해결책은 많으니까."

엄마는 이름을 바꾸는 것이 마음에 들지 않는 모양이다. 하지만 노을의 마음 역시 돌처럼 단단하다. 마음을 바꿀 생각이 전혀 없다. 이처럼 노을은 요즘 들어 고집이 세어졌다. 열정이 마음을 완전히 장악하였기 때문이다. 그래서 노을은 마음이 이끄는 대로 움직이고 있었다. 노을의 열정이 흐르는 곳에는 양현종이 있었다. 그 불타오르는 열정은 화염자국들을 만들 정도였다.

노을의 시간 중 많은 부분이 야구에 투자되었다. 노을이 아침에 일어나면서부터 머릿속은 야구로 가득 채워졌다. 선발 투수를 확인하고, 경기 기록을 떠올려 보는 것은 삶의 일부가 된 지 오래였다. 초등학교로 가는 길에서 야구를 하는 경동고등학교 형들을 보곤 했다. 흙먼지가 날리는데도 야구에 집중하는 모습이 멋있게 보였다. 가끔 멍 때리고 형들의 야구 경기를 보다가 학교에 지각한 적도 있었다. 다행히 담임선생님께서 엄마에게 노을이가 학교에 오지 않았다고 연락하기 전이었다.

학교에 도착해 책상에 앉아서도 노을은 야구 생각뿐이다. 노을의 교과서는 야구공으로 도배되어 있다. 선생님이 영어문장을 읊어도 따라하지 않는다. 선생님은 멍하니 앉아 있는 노을을 부른다. 그제야 노을은 화들짝 놀라며 선생님을 바라본다. 그러나 선생님은 화를 내지도 않는다. 내성이 생긴 것일까. 학교 점심시간은 노을에게 밥 먹는 시간이 아닌 운동 시간이 되었다. 1학년은 급식을 제일 나중에 먹게 되어 있다. 기다리는 동안 노을은 야구 연습을 할 수 있다는 게 감사하다. 그렇게 학교 공부도 하는 둥 마는 둥 끝내고 집에 돌아온 노을은 소파에 앉아 꼼짝 않고 야구 재방송을 보고 있다. 다른 아이들은 영어 학원, 수학 학원을 돌거나 태권도 학원이나 축구 교실을 거쳐서 집에 오는데, 노을은 야구삼매경이다. 엄마는 걱정스럽다가도 저런 열정으로 공부를 시작하면 바로 따라잡겠지 하는 마음으로 기다리는 쪽이었다.

"쭉쭉 뻗어나갑니다! 담장을~~~ 넘어갑니다!"

목에 핏대를 세워가며 소리치는 노을은 영락없는 하일성이다. 야구 영상을 보고 있자니 열정이 가만히 있지 않는다. 마음 속 열정이 레버를 당기며 말했다.

"밖으로 나가서 야구하자!"

노을은 저녁식사를 준비하는 엄마의 팔을 붙잡고 늘어졌다.

"엄마, 엄마, 같이 캐치볼 해주세요."

"곧 저녁을 먹을 건데? 캐치볼은 아빠랑 하지 그래."

"아빠 오시면 깜깜해져서 안돼요. 토요일에 하라고도 하지 마세요. 그때까지 못 참는다구요. 제발요. 네? 같이 놀아주세요."

"알겠어. 그 대신 밥 다 먹으면 해줄게. 남기지 말고 깨끗이 먹어야 해."

"알겠어요!"

노을이 미소를 띠며 밥상에 앉았다. 평소에는 그렇게 무겁던 숟가락이 왜 이렇게 가볍지? 그렇게 맛없던 고사리까지 고소하고. 그렇게 목구멍으로 넘어가지 않던 밥이 꿀떡꿀떡 잘도 넘어갔다. 그렇게 밥을 뚝딱 해치운 노을은 엄마의 손을 잡아당겼다.

"빨리 나가요! 해가 다 지겠네요."

노을의 손에 이끌린 엄마는 야구공과 글러브를 들었다. 아파트 밖에 나오자마자 엄마는 석양을 보고 감탄했다. 정말이지 예쁘다! 한껏 감수성이 충만해지려 할 때, 노을이 분위기를 깼다.

"뭘 그렇게 보고 있어요? 빨리 와주세요!"

엄마의 몸은 아들 노을 쪽으로 가고 있지만, 엄마의 시선과 마음은 저 하늘의 노을을 향하고 있다. 아파트에서 경동고 쪽으로 10분 정도 걷다보면 배구 코트가 나온다. 배구 코트의 온도는 높지도 않고 낮지도 않고 운동하기에 적절한 환경을 가졌지만, 한 가지의 단점을 가졌다. 바로 모기가 많다는 점이다. 근처에 웅덩이가 있는 모양이다. 아파트 후문에서 15분 정도 걸으면 경기장이 하나 더 있다는 걸 모자는 알고 있다. 하지만 일분일초를 소중히 하는 노을은 거기까지 가는 건 시간 낭비라고 생각한다. 그러나 엄마는 노을과 다른 의견을 냈다.

"노을아, 우리 그 후문 쪽에 있는 코트에 가서 하면 안 되겠니? 엄마가 맛있는 주스도 사줄게."

"저는 그냥 여기서 하고 싶어요."

엄마는 붕붕 날아다니는 흡혈귀들을 향해 팔을 휘두르며 말했다.

"얘네들 안 보이니? 여기 모기가 너무 많잖아!"

그러나 노을은 표정변화 하나 없이 말했다.

"저쪽 가서 하죠. 모기를 피하면 되지, 뭐 굳이 딴 데로 갈 필요는 없을 것 같은데……."

모기의 뾰족한 주둥아리도 노을의 단단한 의지를 뚫을 수 없다.

"제가 던지면 잡으세요. 알겠죠? 던질게요!"

공을 잡은 노을의 손이 허공을 가르며 움직였다. 공은 멀리 날아가나 싶더니 땅에 뚝 떨어졌다.

"한번 다시 해봐."

엄마가 노을을 다독였다. 노을은 엄마의 지원에 힘입어 더욱 열심히 던졌다. 그러나 야속한 공은 노을의 마음을 몰라준다. 공은 엄마의 냄새나는 글러브보다 땅이 좋은가 보다. 자꾸만 땅에 달라붙는다. 너무나도 화가 난 노을은 짜증 섞인 목소리로 말했다.

"공이 싸구려네요."

노을은 공을 향해 눈살을 찌푸렸다. 공이 자신의 실력을 따라오지 못한다고 생각했다. 엄마는 의아해했다.

"이상하다? 분명 마트에서 최고급 상품이라고 해서 비싸게 주고 샀는데?"

"그럼 싸구려라고 선전하겠어요? 저는 이런 공으로는 안 할래요."

결국, 그곳에서 20분간 야구를 하며 얻은 것은 짜증과 가려움증이었다. 모자의 다리는 마치 부앙을 뜬 것 같았다. 그들의 다리는 빨갛게 부풀어 올랐지만 그래도 노을은 야구가 있어 행복했다.

"노을아, 너는 이렇게 야구하는 게 좋니?"

"그럼요. 재밌어요."

"만날 짜증내고 화내면서 해도 재밌어?"

"잘 안 될 때는 짜증나지만 야구를 한다는 사실 자체가 즐거워요. 제 꿈을 향해 한 발짝씩 더 다가가는 과정이니까요."

노을은 엄마에게 '이것도 제 꿈에 한 발짝 더 가까이 가기 위함이라'고 말하며 야구 방송을 보고 있다. 야구 방송을 켜는 순간 노을은 고수가 된다. 상황마다 공을 어떤 방법으로 던져야 하는지, 어떤 전략이 효과적인지 파악하고 있다. 이처럼 노을은 실전에서 약한 대신, 지식이 매우 풍부하다. 그는 몇 시간 전 캐치볼에서의 실패 원인을 분석해보았다. '왜지? 내가 무얼 잘못했을까?' 자신의 행동을 골똘히 돌아보기도 했다.

"커브를 너무 힘주어서 던졌나? 아니야, 슬라이더의 손가락 위치가 잘못된 것 같아. 아니야, 잠깐만. 아! 그거네. 공의 표면이 이래서 그런 거였네. 어쩐지 착착 안 감기더라."

혼잣말하는 노을을 엄마는 조용히 지켜보고 있다. 엄마는 노을의 열정이 기특하게 느껴지는 동시에 걱정이 되기도 한다. 노을을 재우고 엄마는 아빠에게 말했다.

"노을이가 커가면서 학업에 열중하다 보면 야구에 대한 열정도 차츰 식어 가겠죠? 중학교에 들어가면 좀 덜해지겠죠? 노을이 너무 야구에 빠진 것 같아 큰 걱정이에요."

"그러길 바라는 마음은 나도 같지만 내가 보기엔 심상치 않아요. 우리가 조금씩 방법을 달리하면서 노력해 봅시다."

"노을이 잘 따라주길 바래야죠."


"바꿔 줘!"

14세 노을의 생일 소원은 여덟 살 때와 같았다. 그것은 '자신의 이름을 현종으로 바꾸는 것'이었다. 당시에 할머니의 반대로 개명의 꿈을 이루지 못하게 되었을 때 노을은 큰 충격을 받았으나 포기하지 않았다. 그리고 대략 6년간의 꾸준한 열정 덕에 결국 오늘, 이름을 바꾸기로 하였다. 엄마는 생각했다. 금수강산이 바뀌어도 바뀌지 않는 것이 있다면, 그것은 바로 노을의 야구 열정이라는 것을. 중학생이 되어도 노을은 야구의 꿈을 내려놓을 줄 몰랐다. 학교에서는 여전히 수업도 제대로 듣지 않고 점심시간마다 친구들과 야구를 하고, 집에 돌아오면 야구 방송을 보고 한술을 더 떠서 동영상과 야구 칼럼까지 꼼꼼히 찾아봤다. 노을의 삶에서 공부는 거의 찾아볼 수도 없었다. 엄마는 아들의 이런 삶에 대해 어떻게 생각할까?

"처음에는 대수롭지 않게 여겼어요. 그때는 '더 크면 학업에 열중하고 야구도 그만하겠지.'라고 생각하며 그냥 놔뒀지요. 그런데 나이를 먹어도 달라진 것은 없었어요. 그래도 저희 부부는 믿었어요. '중학교에 가면 공부하는 친구들 보면서 공부에 열중하겠지.' 하지만 지금 중학생이 된 노을의 삶을 보세요. 야구밖에 없어요. 고등학교에 가면 공부를 할 거라고 생각하냐고요? 아니오. 이젠 걷잡을 수 없어요. 근데 누구를 탓하나요. 어렸을 때 바로 잡아주지 못한 저희를 탓해야죠."

중학교 1학년의 여름방학이 끝나고 찾아온 등교 첫날, 노을의 교실은 그야말로 난리법석이었다. 친구들이 서로의 안부를 물으며 떠들고 있었다. 노을은 자신이 여름방학 동안 무엇을 했는지 생각해 보았다. 한 달 남짓의 시간 동안 정말 많은 야구 활동을 했다. 각 구단 홈구장에 가서 경기를 보기도 하고, 질리도록 캐치볼도 했다. 그리고 가장 뜻깊었던 일은 개명을 한 것이었다. 이제 '한노을'이 아닌 '한현종'이었다. 다들 월드컵 이야기에, 연예인 스캔들에 재밌게 떠드는데 노을은 그들의 대화에 동참할 기분이 아니었다. 기분이 매우 언짢았다. 일단, 방학이 끝나 더 이상 주중에 야구장을 못 간다는 점과 오늘은 월요일이라 야구 경기가 없기 때문이었다. 뭐, 어쩔 수 없지. 재방송을 보면서 칼럼들 분석하면 되겠지. 딴생각을 하던 노을은 수업 종이 울리는 소리에 정신이 들었다. 곧 선생님이 들어왔다. 선생님은 '다들 방학은 잘 보냈니?'와 같은 식상한 질문들을 던졌다. 기분이 좋지 않은 노을은 혼잣말을 했다.

'그럼 잘 보냈지, 못 보냈겠어요?'

선생님이 출석을 불렀다.

"김건민."

"네."

"최정욱"

"느에."

반 친구들이 자신의 이름이 불릴 때마다 입을 비틀며 느웨'라고 대답했다. 그걸 듣고 친구들이 낄낄 웃었다.

"한노을."

아무도 대답하지 않았다. 아이들은 이상하다는 듯이 노을을

처다봤다. 반항하는 것일까? 이상한 분위기를 깨달은 선생님
은 노을을 보며 살짝 웃었다.

"미안하다, 노을아. 이제부터는 현종으로 불러줘야지. 한현
종!"

"네."

노을, 아니 현종은 새 출발을 하는 마음으로 힘차게 대답했
다. '네' 소리만 들어도 그의 행복이 느껴졌다. 6년간의 끝없는
투쟁 끝에 드디어 개명을 했으니 오죽했을까. 그의 얼굴에는
웃음이 가득 차 있었다. 반 친구들은 수군거리며 혼란스러워
했다. 노을은 어디 가고 현종이라니! 상황 파악을 하느라 어수
선한 분위기였다. 선생님이 자신의 탁월한 진행 능력을 증명하
듯, 현종에게 부탁했다.

"현종아, 앞으로 나와서 이게 어떻게 된 일인지 반 친구들한
테 설명해줄래? 친구들이 궁금해한다."

현종은 성큼성큼 앞으로 나와 교탁에 손을 얹었다. 그리고
자신의 몸집에 상반되는 우렁찬 목소리로 얘기했다.

"얘들아, 나 이름을 바꾸게 되었어. 노을에서 현종으로. 그러
니까 이제부터 나를 현종이라고 불러줘. 한현종으로. 알았지?"

"여러분, 잘 알았죠?"

"네."

쉬는 시간이 되자 친구들이 몰려왔다.

"한 명씩 물어봐! 한 명씩!"

현종의 제일 친한 친구 규성이 물었다.

"현종아, 근데 개명 왜 한 거야? 노을이 어때서?"

"나도 그거 물어보려고 했는데."

"나도"

현종이 알겠다는 듯이 고개를 끄덕이고 일단 조용히 하라고 했다.

"노을이 싫은 게 아니라, 멋있는 이름이 필요했어. 나는 야구 선수가 될 건데, 멋진 선수가 되려면, 좋은 이름이 있어야겠지? 그래서 내가 제일 좋아하기도 하면서 우리나라에서 제일 잘하는 투수 양현종 선수의 이름을 땄어. 너희들은 어떻게 생각해?"

"멋있다! 나도 내가 좋아하는 축구 선수 이름 따서 '흥민'으로 바꿔달라고 해야지."

현종이가 반에서 '개명'이라는 새로운 센세이션을 일으킨 듯했다.


현종은 서로를 미는 친구들 때문에 숨조차 쉴 수 없었다. 지금은 체육시간을 준비하는 쉬는 시간, 학생들이 가장 전투적인 때다. 모두들 사물함에서 체육복을 빨리 꺼내려고 너나 할 것 없이 안달이 났다. 물론 교복 밑에 체육복을 미리 입고 온 못 말리는 학생들도 있었다. 현종은 생각했다. 준비성 하나는 투철하구나.

"야! 밀지 마!"

"애들아……, 좀 비켜봐!"

서로 밀치고 밀리는 혼란 속에서 현종은 자신의 마른 체구 덕분에 쉽게 빠져나왔다. 현종은 체육복을 빠르게 갈아입고 운동장으로 향했다. 일분이라도 늦으면 벌을 주시는 체육선생님 때문에 학생들은 전력으로 질주했다.

"야! 빨리 비켜!"

덩치가 큰 수현이가 뒤에서 달려오며 소리쳤다. 현종은 자신이 굴러오는 돌을 피하는 인디아나 존스가 된 것 같았다. 인디아나 존스라면 돌에 밟히지는 않았겠지. 하지만 수현이는 달리며 현종을 밀쳐 넘어뜨렸다. 수현은 뒤를 돌아보고는 미안하다고 소리치지만 멈추지 않았다. 영혼 없는 미안함 같았다. 남에게 신경 쓸 겨를이 어디 있겠는가. 늦지 않으려면.

"에잇. 망했다."

말이 떨어지기가 무섭게 수업 종이 울렸다. 종소리가 이렇게 기분 나쁜 적은 처음이었다. 이미 늦었지만 현종은 먼지를 털고 일어나 달렸다. 선생님이 아직 오시지 않았을 거라는 희망의 끈을 잡고서.

'뚝.'

희망의 끈이 보기 좋게 끊어졌다.

"한노을. 왜 이렇게 늦었어."

"저…… 오다가 넘어져서. 죄송합니다. 다시는 늦지 않겠습니다."

"그것도 핑계라고."

현종은 진실을 밝히려다 수현과 눈이 마주치자 그만뒀다. 자신을 애처롭게 바라보는 수현이 불쌍해 보여서 고자질하지 않기로 했다.

"애들아, 첫날이니까 봐줄까?"

"아니오!"

모두들 한마음 한뜻이 되어 소리쳤다. 이럴 때만 참 잘 맞았다.

"뭐 어쩔 수 없네. 그럼, 반 친구들이 운동장 두 바퀴 돌 동안 넌 엎드려뻗쳐 자세로 있어."

현종은 그늘에 자리를 잡고 팔을 앞으로 뻗었다. 친구들이 반 바퀴쯤 돌았을 때, 현종의 이마에서 흐르던 땀이 눈으로 들어갔다. 현종은 한쪽 손을 바닥에서 떼고 눈을 비볐다. 순간, 몸을 지탱하던 팔에 힘이 풀리더니 얼굴을 땅바닥에 박았다. 콧등에 상처가 생긴 것 같았다.

'선생님이 내 우스꽝스러운 실수를 보셨나?'

다행히도 선생님은 저 멀리 운동장을 보고 있었다. 그는 자신의 마른 팔을 보고 떫은 표정을 지었다. 곧 아이들이 두 바퀴를 마치고 돌아왔다. 그들이 일으킨 먼지는 고스란히 현종의 몫이 되었다. 현종이 콜록거리자 그 소리를 들은 선생님은 일어나서 대열에 합류하라고 말했다.

"한노을, 줄 서도록 해."

현종은 대열에 합류하려다 돌아서서 말했다.

"선생님, 제 이름 현종으로 바꿨습니다. 한현종으로 불러주세요."

선생님은 이름을 왜 바꿨냐고 물었다.

"저……, 그게……."

현종이 자기 입으로 말하는 것을 주저했다. 다행히 현종의 마음을 꿰뚫고 있는 규성이 대신 답했다. 현종이 야구를 너무 좋아해서 그랬다고. 양현종 선수의 이름을 땄다고 말했다. 선생님은 무언가를 고심하는 것 같았다. 그러더니 '에이, 됐다.'라고 중얼거리고는 수업을 진행했다. 현종은 선생님이 무슨 생각을 했는지 무척 궁금했다.

"현종! 넌 이제 현종이니까 더 집중해야 한다!"

선생님은 '현종'이라고 제대로 불렀다는 것을 알아달라는 듯씩 웃었다.


4교시, 점심시간이 되기 바로 전인 11시 50분이다. 아이들은 하나둘 시간을 의식하고 한쪽 다리를 미리 책상 밖으로 빼내었다. 빨리 빠져나가기 위해서였다.

"띠리리리 리리링!"

수업 종이 치자마자 아이들은 책상을 박차고 일어났다. 종소리가 나오면 급식실로 달려가는 모습이 '파블로브'의 개와 흡사

했다. 모두가 급식실로 향할 때 그러지 않는 학생들이 몇 명 있었으니, 그들은 현종과 친구들이었다. 그들은 야구를 위해서는 굶기도 마다하지 않는다. 지금 밥을 먹고 나오면, 3학년들이 운동장을 접수해 놓기 때문이다. 현종과 친구들은 육각형 대열로 서서 캐치볼을 하고 있다. 뜨거운 태양 아래서 더 뜨거운 가슴을 가진 아이들끼리. 그러나 현종은 얼마 지나지 않아 풀썩 주저앉았다. 체력이 따라주지를 않았다.

"아휴……힘들어! 오늘따라 힘이 드네.……. 공도 잘 안 잡히고 말이야. 에잇!"

현종이 운동장에서 땀을 뻘뻘 흘리는 동안 식사를 마친 선생님들이 나왔다. 그들 속에 있던 체육 선생님도 중앙현관으로 향했다. 그러다 고개를 돌린 체육 선생님은 무언가를 보고 해맑게 웃었다. 그가 본 것은 땅에 떨어진 돈도, 자신이 잃어버린 슬리퍼 한 짝도 아닌, 현종이었다. 체육 선생님은 현종에게로 향했다.

"야, 현종아. 잠깐 나 좀 따라와 봐."

현종은 친구들에게 계속 하고 있으라고 말하며 선생님을 따라갔다. 현종은 생각했다.

"망했다! 못 볼 줄 알았는데……."

현종은 운동장에서 실내화를 신고 있었던 것이다. 한 번도 걸린 적이 없었기 때문에 이번에도 그럴 줄 알았다. 그런데 아뿔싸! 체육 선생님에게 발각되다니. 그 어떤 변명도 소용없다는 것을 알고 터덜터덜 교무실로 따라갔다. 체육 선생님은 자리에 앉으며 파란색 플라스틱 의자를 꺼내 옆에 두었다.

"뭐해? 빨리 앉아."

'이렇게까지 할 필요가 있나? 그냥 벌점 1점인데······. 벌점 받는 것도 서러운데 그냥 빨리 보내주시지. 그래도 한 번 애원해볼까? 부탁드릴까?'

현종은 기도하는 심정이었다. 신(神)은 현종에게 자신의 동료 '수치심'과 '벌점' 중 한 가지를 선택하라고 말했다. 현종은 한참을 고민하다 '수치심' 쪽으로 기울었다.

"선생님, 제발 봐주세요. 다시는 안 그럴게요. 사실 운동장에서 실내화 신는 애들도 많은데, 저만······. 어쨌든 다시는 그러지 않겠습니다. 부디 선처해 주세요."

선생님은 뭔 소리냐는 표정을 짓더니 소리 내어 크게 웃었다. 현종은 혼란스러워 멍하니 선생님만 쳐다봤다.

"실내화 신고 운동장에 있었는지 보지도 못했네. 지금이라도 벌점 줄까?"

현종은 최대한 불쌍한 얼굴 표정을 짓고 고개를 절레절레 흔들었다. 체육 선생님은 농담이었다고 하며 다시 웃었다. 그리고 잠깐 기다리라고 한 후 시원한 주스를 갖고 왔다.

"자, 이거 마시면서 들어. 내가 이번 학기에 새로운 동아리를 만들려고 해. 야구 동아리. 일주일에 한 세 번 정도 할 것 같고 내가 지도한다. 그리고······."

"네, 할게요!"

현종이 선생님의 말을 끊고 냉큼 말했다. 체육 선생님은 당황했다. 이렇게 쉽게? 애초에 주스도 필요 없었겠구먼. 체육 선생님은 하던 얘기를 계속했다. 인원이 충분히 모이면 바로 시작하겠다는 것. 그리고 홍보를 좀 도와달라는 부탁. 이에 현종은 알겠다고 했다. 야구부가 빨리 생겼으면 하는 바람이었다. 그리하여 그날의 점심시간은 야구부 홍보 팸플릿을 돌리는 데 쓰였다.

'어째 종이가 줄지가 않냐……. 이렇게까지 했는데 야구부에 들어온다는 신청이 많아서 접수가 빨리 마감되면 좋겠네.'

20분 동안 정신없이 팸플릿을 돌리다보니 어느새 반 정도를 돌렸다. 이제 남은 곳은…… 여자 교실들이다. 얼마나 부끄러운가. 알지도 못하는 이성에게 관심도 없어 하는 팸플릿들을 나눠줘야 한다니. 특히 몇몇 애들은 '쟤 뭐야'나 '여기서 뭐하는 거야'와 같은 눈으로 볼 텐데. 창피할 자신의 모습을 상상하니 발걸음이 떨어지지 않는다. 그래도 어쩔 수 없다. 야구부가 신설되지 못하는 것보다 여자라도 있는 것이 낫지 않은가. 결국, 현종은 첫 번째 여자 반에 도착했다. 조심스럽게 문을 두드리고, 들어오라는 허락을 받은 다음, 게시판에 팸플릿을 걸자마자 최대한 빨리 탈출하였다. 삼삼오오 모여 속닥거리느라 현종의 출현을 알지도 못하는 여학생들과 갑자기 튀어나온 현종이 재미있다는 듯 웃는 몇몇 여학생들 속에서 극히 일부가 게시물에 관심을 보였다.

1학년 여학생반을 끝낸 현종은 아직도 두 배의 일을 더 해야한다. 현종은 일어나지 않았으면 하는 상황들을 상상해보았다. 게시물을 꽂아놓을 곳이 없어 헤맬 때의 그 어색함. 노크를 몇번 했는데도 답하지 않는 상황. 이런 잡다한 생각을 하며 상대적으로 가까운 3학년 여학생의 반으로 향했다. 토끼라고, 현종은 자신에게 최면을 걸었다. 두려움에 떠는 토끼는 눈을 감고 생각했다.

'여기는 무서운 토끼 누나들의 소굴이 아니다. 여기는 여자토끼의 서식지일 뿐이다. 두려워할 것도, 걱정할 것도 없다.'

토끼는 한결 마음이 편해졌다. 그는 숨을 들이마시고 문을 두드렸다. 누군가가 문을 열었고, 현종은 그 틈을 비집고 들어갔다. 그런데 이런! 설마가 사람 잡는다더니. 게시판에 종이를 꽂을 곳이 없다. 숨이 가빠진 현종은 호흡을 가다듬었다. 우선 누구에게나 잘 보이고, 오랫동안 걸려있을 수 있는 데를 찾기 시작했다. 그러다 누나들과 눈이 마주쳤다. 현종은 자신을 향한 시선을 깨달았다. 휴대폰으로 전화를 하던 한 누나는 폰을 귀에서 떼고 노골적으로 바라봤다. 현종은 어릴 때 본 책이 기억났다. 토끼가 숲 속에서 평화롭게 살고 있었다. 그런데 어느날, 밤이 되자, 수풀 속에서 이글거리는 맹수들의 눈이 보였다. 그들은 빛나는 눈동자를 굴리며 먹이를 찾았다.

현종은 그제야 토끼의 마음과 진하게 공감할 수 있었다.

'미안해, 토끼야…….'

결국, 그는 적당한 양의 팸플릿을 교탁에 두고 문을 향했다. 문을 열어 잡아당기는 순간, 문의 반대편에 누군가 서 있다는 것을 알았다. 교실로 들어오려던 여학생이었다. 현종은 놀래 뒤로 나자빠지면서 들고 있던 종이를 전부 공중으로 날려버렸다. 그 많던 종이 뭉치들은 어느새 자유로운 영혼을 싣고 창문 밖으로 나가고 있었다.

"아이고……."

망했다. 그의 머릿속에 떠다니는 유일한 세 글자. 누나들의 조롱도, 무관심도, 이 난처한 상황도 보이거나 들리지 않았다. 망했다, 망했다, 망했다, 망했다……. 머릿속에 '망했다'로 채워진 망망대해에서 현종을 구출한 것은 문 앞에 서 있던 누나였다.

"야, 너 괜찮아? 정신 차려. 우리 반이 난장판이네……."

배려심이 많은 그녀는 반에 남아 있는 종이를 주워 준다고 했다. 현종은 너무 놀라 고맙다는 얘기도 하지 못했다.

그녀 이름은 '진영'이었다. 진영의 입장에서 보면, 현종만큼은 아니더라도 놀랄 만하다. 문을 여니 웬 삐쩍 마른 남자아이가 있었고, 그 아이가 자신을 보더니 귀신이라도 본 듯 기겁하며 넘어졌으니 말이다.

'뭘 이렇게 많이 갖고 다닌 거야?'

진영은 팸플릿을 읽었다. 진영은 엉거주춤 서 있는 현종에게 다가가 물었다.

"이거 진짜야? 아무나 할 수 있어?"

현종은 고개를 끄덕거렸다. 왜 그러지? 진영의 반응을 예상치 못했던 현종은 당황했다. 왜지? 왜 이렇게 관심을 보일까? 사실 진영은 운동을 매우 좋아할 뿐 아니라 남학생 못지않게 잘했다. 축구면 축구, 야구면 야구, 못하는 운동이 없었다. 어릴 때부터 축구를 즐겼던 진영은 중학교에 와서 축구 동아리에 들고 싶었다. 중2 학기 초, 축구 동아리 지도교사를 찾아가서 자신이 축구를 얼마나 잘하고, 좋아하는지를 말했다.

"설마…… 축구 동아리에 들려고?"

담당 선생님은 진영의 관심과 열정에도 불구하고 냉정하게 거절했다. 진영이가 아무리 축구를 좋아하고 잘한다 해도, 남학생들과 체격 차이도 많이 나고, 남학생들 실력이 더 뛰어나다고 말했다. 진영은 생각했다. 선생님 말씀을 인정하지만 나의 실력을 보고 결정해야 하지 않나? 왜 나의 열정을 알아주지 않는 걸까? 화가 났지만, 그녀는 어쩔 수 없이 참고 차분하게 알겠다고 답했다. 그 후 진영은 이따금씩 축구 동아리 애들이 연습하고 있는 모습을 보게 되면 슬며시 그쪽으로 돌멩이를 차기도 했다. 어쨌든, 그 사건 이후, 그녀는 더 이상 남학생들이 하는 운동 동아리에 관심도 가지지 않았다. 적어도 지금 이 순간까지는 말이다. 진영은 종이의 뒷면도 확인하더니 현종에게 물었다.

"그러니까 여학생도 할 수 있는 거야?"

"네……, 아마도요."

여학생들이 참여할 수 없으면 여자 반까지 홍보물을 돌리라고 안 했겠지. 현종도 이 사실을 알고 있었지만 진영이 자꾸만 물어보았기 때문에 알고 있는 사실도 의심스러웠다.

'여학생도 할 수 있는 건가? 그런 것 같은데……. 왜 자꾸 물어보지?'

현종은 그녀라도 관심을 가져 다행이라 생각하며, 남은 팸플릿을 돌리려고 돌아섰다.

마지막 종이까지 깔끔하게 나누어 주고 나자, 수업 예비종이 쳤다. 힘이 빠진 현종은 계단에 앉아 온몸을 늘어뜨렸다.

'아까 그 누나는 누구였을까? 결국, 한다고 했을라나? 그랬으면 좋겠다. 그 누나 말고 다른 신청자가 있을까? 이렇게 고생한 게 빛을 발했으면 좋겠다.'

"어이 학생, 안 들어가?"

지나가던 선생님 한 분이 현종의 어깨를 자로 툭툭 치며 말했다. 맞다! 여유를 부릴 때가 아니다. 현종은 빨리 교실을 향해 뛰었다. 깐깐하기로 소문난 역사 선생님이 눈감아주시길 바라는 마음으로.

6교시가 끝나고, 현종은 체육 선생님에게 가려고 교무실로 발걸음을 옮겼다. 얼마나 왔을까? 한편으로는 설레고 한편으로는 걱정되는 마음을 담아 문고리를 잡았다. 만약 아무도 없으면…… 아냐, 긍정적인 생각만 하자. 문을 열자 전화를 하던 선생님이 현종을 보고 입 모양으로 '기다려'라고 전했다. 하필 이럴 때……. 현종의 속은 타들어 갔다. 너무나도 궁금했다. 심심한 현종은 탐정 놀이를 시작했다.

'선생님의 자리 주변에 플라스틱 의자가 없는 것을 보니 많은 사람이 오지는 않았군. 선생님 얼굴에는 근심이 가득한 것 같아. 아마도 준비하던 야구 동아리가 잘되지 않아서 일거야. 그렇군. 충분한 인원이 모이지 않았어.'

현종이 자신의 추리 결과로 한참 우울할 때쯤, 선생님의 통화가 끝났다. 왜 항상 그런 통화는 '네'를 몇 번씩 반복하고 끝날까? 참으로 이상했다. 체육 선생님은 자신의 의자를 돌려 앉더니 현종을 보았다.

"야, 한현종, 너 일을 어떻게 한 거야? 어? 너 혼 좀 나야겠어."

'역시나, 내 예상이 틀릴 리가 없지. 그래도 기대했는데. 기대한 내가 바보지.'

체육 선생님은 파일 철 밑에서 무언가를 찾더니 마우스를 들었다. 마우스가 잘 작동하지 않는지 몇 번 바닥을 찧더니 웹사이트에 접속했다. 현종은 건너편 자리에서 학생부 선생님께 혼나고 있는 친구를 흘낏 봤다. 이 상황이 불편하면서도 야구 동아리에 관한 얘기를 듣고 싶었는데 실망스러웠다.

'나를 불러다 놓고 뭐하는 거야?'

순간, 곁눈으로 컴퓨터를 흘겨보던 현종은 소스라치게 놀랐다. 선생님이 벌점을 관리하는 사이트에 접속했던 것이다. 현종은 억울했다.

'나는 최선을 다했는데……, 돌아오는 게 이거라니!'

현종은 최대한 불쌍한 얼굴을 하고 선생님에게 몸을 돌렸다.

"벌점이라뇨. 선생님, 학생들이 오지 않은 건 제 잘못이 아니잖아요. 저는 최선을 다해 홍보물을 돌렸지만 애들이 야구에 관심을 가지지 않은 것뿐이에요. 운동 좋아하는 애들은 다 축구동아리에 들었더라구요. 네? 제발요."

선생님은 눈썹을 움찔거렸다. 현종은 억울했다.

"내가 언제 벌점을 준다고 했나? 사실 상점을 줄 거거든! 네 열렬한 홍보 덕분에 신청자가 꽤 많이 왔어!"

이런. 또 속다니……. 그래도 기분이 좋다, 상점도 받고, 야구동아리도 생겼으니. 현종의 머릿속에 있는 디제이가 '기쁜 음악'을 틀었다. 현종은 기쁨의 표현으로 춤을 추고 싶었다. 현종은 들뜬 마음에 더 나아가 몇 명이 신청했는지 물었다. 불행하게도 돌아온 답변은 '기쁜 음악'을 틀고 있는 디제이에게 찬물을 끼얹었다.

"네? 열댓 명요? 그게 '꽤 많은' 거예요? 제가 볼 땐 완전히 망한 것 같은데……."

체육 선생님의 '기쁜 음악'을 틀던 디제이도 아이스 버킷 챌린

지에 참여했다.

"현종아, 이 동아리는 경기가 목적이 아니야. 그보다는 기초적인 기술에 중점을 둘 거야. 왜, 마음에 안 들어?"

그렇다. 현종은 경기를 하고 싶었다. 그 말을 하려다 현종은 체육 선생님의 얼굴을 보고 그만두었다.

"오호. 바로 경기를 할 수 있다고 생각하는 거야? 그럼, 내가 하나 물어보자. 너 구속 얼마 나와?"

모른다. 확인해 본 적도 없다. 현종은 기억을 되짚으려는 '척'이라도 하려고 눈동자를 굴렸다. 그리고 고개를 소심하게 흔들었다.

"아마도 40에서 50 정도 나올걸? 다른 야구부 아이들은 80 이상 나오는데 말이지. 그들과 경쟁할 수 있겠어? 그리고 그 정도 속도의 공은 훈련받은 타자에게는 껌이지, 껌. 그래도 그들과 경기하고 싶어?"

자신의 또래 아이들이 그 정도까지 던질 수 있는 건 상상도 못 해보았다. 현종은 선생님께 죄송하다고 한 후 앞으로 최선을 다해 연습하겠다고 다짐했다. 선생님도 열심히 돕겠다고 했다.

학교가 끝나고, 여느 때와 같이 현종은 친구들과 야구를 했다. 현종은 자신의 실력이 좋지 않음을 새삼 느꼈다. 제구가 잘되지 않았고, 지능적인 플레이를 하기 어려웠다. 그리고 그 모든 것에 앞서, 체력이 딸렸다. 얼마 하지 않아 지쳤고, 그로 인해 팔에 힘이 들어가지 않았다. 그래서인지 현종은 야구 동아리가 생기는 것이 하늘이 내려 준 구원의 동아줄 같았다. 현종은 희망을 가득 실어 공을 던졌다.

"야! 어디다가 던지는 거야?"

"미안, 미안. 조금만 기다리면, 내가 양현종 못지않은 투구를 보여줄게."

친구들은 웃으며 그의 말을 허황된 꿈으로만 여겼다. 그걸 보고 현종은 생각했다.

'좀만 기다려. 그때 가서 놀라지나 말고.'

며칠 후, 체육 선생님이 현종을 교무실로 불렀다. 막상 체육 선생님에게 찾아가자 책상을 뒤적이더니 점심시간에 다시 오라고 했다. 현종은 문을 열 때마다 삐걱거리는 소리와 함께 선생님들의 시선을 받으며 교무실을 들락날락하는 것이 싫다. 그러나 교무실의 에어컨이 내뿜는 시원한 공기가 현종의 발걸음을 가볍게 했다. 점심시간이 다가왔다. 현종은 자신의 소중한 연휴를 선생님에게 바치는 것이 그리 마음에 들지 않았다. 현종은 생각했다.

'이렇게나 고생해서 동아리에 가입하는 보람이 있었으면……'

현종은 회의적인 생각들을 하며 체육 선생님을 대면했다. 이번에는 기다리고 있었다는 듯 냉큼 종이를 손에 쥐어 주었다. 현종은 종이를 펴보았다. 그 종이에는 명단이 적혀 있었다.

"이게 뭐에요?"

현종이 물었다.

"여기에 적혀 있는 애들이 야구 동아리를 하겠다고 한 친구들이다. 같이 할 얼굴들이니 잘 익혀두라고. 네가 할 일은, 그 애들 반으로 가서 이리로 데려오는 거야. 현종아, 왜 너만 시키냐는 얼굴인데, 그건 내가 너를 제일 믿기 때문이야."

안 한다고 할 수도 없다. 현종은 어차피 할 거면 즐겁게 하자는 마음으로 선생님께 신뢰의 미소를 지어 보내고, 야구부원들을 찾아 나섰다. 며칠 전 부끄러움이 극한에 달했던 3학년 여자 반으로 갔다.

'이름이 진영이구나.'

현종은 문 앞에 서서 노크를 했다. 얼굴을 밀가루로 뒤덮은 화장을 하고 머리는 송충이로 말아 넘긴 것 같은 여학생 한 명이 문을 열었다. 현종은 문틈 사이로 반을 훑었다. 아무래도 그 선배는 없는 것 같았다. 빨리 떠나고 싶은 마음이 그의 시선을 흐려놓았을 가능성도 있었다. 무슨 일이냐고 묻는 선배에게 현종은 됐다고 말하고 나무로 만들어진 목각인형처럼 어색하게 돌아섰다.

"잠깐!"

황급히 떠나는 현종을 불러 세운 것은 다름 아닌 진영이었다. 마침 운동을 하러 나가는 길인지 체육복을 입고 있었다. 그녀는 털털하게 웃으며 현종을 맞이했다.

"나는 아무런 공지가 없기에 해체된 줄 알았어. 얘기라도 해 주지. 그래서 오늘은 왜? 그 선생님이 불러?"

현종은 고개를 끄덕였다. 진영은 교무실을 향해 곧게 뻗은 복도를 달리기 시작했다.

"너도 그 선생님 싫……."

진영은 현종의 선생님에 대한 평가를 듣기 위해 몸을 돌렸다. 그러나 현종이 진영 자신의 뒤에 없다는 걸 알고 주위를 둘러보았다. 그녀는 자신의 반으로 돌아가다 종이를 들여다보고 서 있는 현종과 맞닥뜨렸다.

"너는 왜 안 가?"

"아……, 저는 다른 부원들도 데리고 가야 하거든요."

진영은 현종이 딱하다는 듯 쳐다보고 말했다.

"그 선생님도 참 이상해. 자기가 하지 남을 시킨다니까. 현종아, 너 고생 좀 하겠다. 그 선생님 성격도 안 좋아서 화도 잘 내거든."

현종은 매우 놀랐다. 선생님에 대해 이렇게 욕해도 되는 걸까? 중학교 선생님은 엄하고 무서워서 뒷담을 해서도 안 되고 무조건 복종해야 하는 존재라고 생각했다. 현종이 고개를 끄덕거리며 불편한 표정을 짓자, 진영이 그걸 눈치챘다.

"어휴, 놀라기는. 장난이야. 너 너무 경직되어 있어서 장난 한 번 쳐봤다."

현종은 멋쩍게 웃으며 머리를 만졌다. 진영의 장난에 적응하기는 힘들었지만, 현종은 재밌고 털털한 진영이 마음에 들었다.

3학년 교실을 뒤로 하고 현종은 종이를 봤다. 아직도 12명이 남았다니⋯⋯. 현종은 무거운 발걸음으로 교실들로 향했다. 다행히도 교실에 없는 사람이 몇 명밖에 없어서 수월할 것 같았다. 마지막 학생은 현종의 옆 반 학생이었다. 현종은 1학년 교실로 향했다. 그리고 문을 열어 친한 친구를 불렀다. 현종은 종이에 적힌 이름을 확인한 후 친구에게 '안현우'가 반에 있는지 물었다.

"현우? 걔 점심시간에는 운동한다고 나가는데?"

현종은 운동장까지 가기 싫었다. 자신의 친구 앞에서 아까 진영이 했던 것처럼 선생님의 뒷담을 하고 싶었다. 현종은 친구에게 현우가 교실에 없는 게 확실한지 다시 물었다. 친구는 반을 슥 둘러보더니 없는 것 같다고 했다. 친구의 성의 없는 도움에 답답해진 현종은 칠판에 다가가 분필로 큼지막한 메시지를 남겼다.

'1학년 5반 안현우, 이 글을 볼 시 교무실의 ○○○체육 선생님에게 오기 바람.'

칠판의 글을 보고 한 학생이 에어컨 앞의 키 큰 친구의 어깨를 두드렸다. 혼자 에어컨 바람을 독식하던 학생이 돌아보며 현종을 불렀다.

"야! 내가 안현우인데, 뭐 문제 있냐?"

그의 옆에 있던 다른 학생이 입을 열었다.

"아이 씨, 밖에 나갔다 온 거 걸린 거 아니야? 망했다. 그 선생 성격 나쁜데."

"그걸 왜 크게 얘기해!"

현종은 현우를 바라보았다. 그는 키 크고 조금 말랐다. 눈은 양옆으로 쭉 찢어졌고 머리는 덥수룩했다. 그리 모범적인 아이는 아닌 것 같았다. 하지만 남을 평가하기는 아직 이르다는 생각에 현종은 현우에게 친근하게 다가갔다.

"너 야구 동아리 신청했지? 담당 선생님께서 부르셔."

현우는 현종의 명찰을 보더니 마구 웃었다.

"네가 그 이름 바꾼 애냐? 크크크. 진짜 웃긴다. 친구한테 듣긴 했는데 거짓말인 줄 알았지. 진짜였다니! 부끄럽지도 않냐?"

현종은 당황스러워 항변도 하지 못한 채 인상만 찌푸렸다.

"미쳤냐? 크크. 네가 양현종처럼 할 수 있을 것 같아? 내가 볼 땐, 절대 아니오다. 이 팔 좀 봐봐. 누가 보면 여자 팔인 줄 알겠어."

현종은 자존심이 상하여 팔을 뒤로 돌렸다.

"잠깐만, 한현종. 너도 야구부냐? 에잇……, 수준 떨어져서 되겠어? 선생님한테 너를 빼달라고 하든지 아니면 내가 나가야겠어."

현우의 탈퇴를 간절히 기도하며, 현종과 현우는 교무실로 향했다. 교무실에는 아까 반에 없었던 학생들도 와 있었다. 선생님이 교내 방송을 한 모양이었다. 진작 하지……. 야구부 후보들은 선생님 주위에 빙 둘러앉았다. 현우는 의자가 없자 다른 1학년의 것을 뺏어 앉았다.

"너희는 지금 방과 후 야구 동아리에 신청한 거야. 미리 얘기하는데, 이 동아리는 기초적인 야구 동작들을 가르치고 연습하는 동아리야. 다른 학교의 야구부처럼 매일 경기를 하고 다른 학교와 붙지는 않을 거야. 그러니, '자신의 실력이 아깝다.'라고 생각하는 사람과 마음이 바뀐 학생들은 지금 나가도 좋아."

아무도 나가지 않았다. 선생님은 안도의 한숨을 내쉬었다. 당당하게 말하긴 했지만 누가 나갈까? 가슴을 조아린 듯했다. 현종은 현우를 보았다.

'뭐지? 아……, 나갔으면 했는데. 왜 안 나간거지?'

현종은 이유를 쉽게 알아챘다. 현우가 진영이 마음에 드는 듯했다. 현우는 진영을 보며 생각했다.

'오오……, 개 예뻐!'

선생님은 모인 부원들과 함께 여러 가지를 상의했다. 무슨 요일에 모여야 할까? 이 질문의 합의점을 찾는 것이 꽤 힘들었다. 이 요일에 모이자고 하면 아무개는 안된다고 하고, 저 요일로 하면 다른 아무개는 안된다고 했다. 현종은 딱히 상관하지 않았다. 단지 야구를 하지 않는 월요일에 만났으면 했다. 결국, 동아리는 매주 월요일과 금요일에 모이는 걸로 결정되었다. 선생님은 강조했다.

"첫 수업은 다음 주 월요일이야. 헷갈리지 말고 잘 와, 알았지? 빠지거나 늦을 것 같으면 미리 알려줘. 그래야 안심도 되고 혼란도 없지."

모임이 끝나고, 현우가 진영에게 슬며시 다가갔다.

"누나, 안녕하세요?"

"그래."

진영은 현우에게 별로 관심이 없는 듯 대꾸했다. 모임 내내 자신을 쳐다보는 것을 느낀 진영은 얘기하고 싶지도 않은 것 같았다. 진영이 단단한 방패라도 든 것처럼 얼굴을 굳히자, 현우는 인맥을 이용해 접근했다. 말을 하던 도중 진영이 빨리 걷자 현우는 천천히 뛰며 속도를 맞췄다.

"누나, 3학년이죠? 저랑 미령 누나랑 친한데, 아세요?"

"어, 알지. 그 화장하고 담배 피우는 여자애? 근데 어쩌라고?"

"아니, 그냥……, 누나랑 친구가 되고 싶어서요. 좋잖아요, 친해지면. 어차피 일주일에 적어도 두 번은 볼 텐데……."

진영은 발걸음을 멈추고 현우에게 똑바로 말했다.

"얘야, 너 귀엽고 다 좋은데, 오늘처럼 음침하게 한 번이라도 더 쳐다보면 학폭위에 신고할 줄 알아. 알겠지?"

현우는 갑자기 공격적으로 다가오는 진영을 예상하지 못했다는 듯 뒤로 몇 발짝 물러섰다. 그래도 아직 여유로운 현우는 왜 이렇게 까칠하게 대하냐고 진영에게 말하며 자신의 반으로 향했다. 현우는 반 친구들에게 자랑했다.

"우리 동아리에 3학년 선배가 있는데, 진짜 예뻐. 너도 들어와. 한현종 같은 놈들도 하는데 너라고 못할 게 있냐?"

현우가 하는 말들을 들은 현종의 친구 태호는 현종을 무시하고 깔보는 것이 정말 마음에 들지 않았다. 태호는 생각했다.

'현종이, 고생 좀 하겠구나.'


다음 주 월요일이 되고, 첫 동아리 활동을 개시하였다. 선생님보다 먼저 온 학생들은 뭘 할지 몰라 서성거렸다. 지도교사가 있으니 망정이지, 자율동아리였다면 현우가 진영에게 작업거는 모습만 학기 내내 볼 뻔했다. 선생님이 오더니 창고에서 공과 글러브를 꺼내오라고 했다. 모든 준비가 끝나자, 선생님이 말씀하셨다.

"너희 모두가 잘 알고 있는 것처럼, 야구에는 타자와 투수가 있다. 전문적인 야구부는 타자와 투수를 따로 훈련시키지만, 우리는 기초반이기 때문에 둘 다 연습할 거야. 우리는 걔들처럼 전문 선수가 되려고 하는 게 아니니까."

야구부원들 각자의 반응이 달랐다. 야구를 잘 모르는 남학생은 '타자와 투수가 아닌 포수도 있다'고 얘기하려다 남이 먼저 할 것 같아 그만두었고, 현우는 묘하게 웃는 얼굴로 현종을 바라보며 눈치를 줬다. 현우는 생각했다.

'어? 선생님, 여기 선수하겠다는 애도 있는데요? 크크크.'

현종은 현우의 생각을 읽었는지 입 모양으로 '얘기하지 마'라고 말했다. 그러나 하지 말라고 하면 더 하고 싶은 법. 현우가 손을 들고 큰소리로 외쳤다.

"선생님! 현종이는 야구 선수가 꿈이라는데요?"

선생님은 놀라지 않았다. 현종의 행동들이 야구선수의 꿈을 가리키고 있었기 때문에, 그 사실을 오래전에 눈치챌 수 있었다. 현종의 얼굴이 빨개졌다. 선생님은 남의 꿈을 비웃는 현우를 못마땅하게 쳐다보았다.

"야, 안현우. 너 뭐야? 친구의 꿈을 갖고 왜 그래? 이 동아리로 기초를 다지고 꿈을 키워도 늦지 않지. 현종아, 기죽지 마."

오늘은 공을 던지는 연습을 할 것이라고 선생님이 말씀하셨다. 말 그대로, 공을 잘 던지는 방법이다. 그래도 야구를 어느 정도 한 현종과 현우에게 이것은 식은 죽 먹기이다. 그들은 연습을 제대로 하지 않고 벽에 공을 튕겼다. 이 모습을 본 선생님이 현종에게 말했다.

"현종아, 안다고 해서 너무 자만하지는 마. 모른다고 기죽지도 말고. 너희가 할 수 있다는 거는 알지만 못하는 아이들도 있잖아. 걔네를 도와주는 것은 어때?"

현종은 자신의 또래를 맡았다. 현종이 할 수 있는 충고는 연습을 많이 하란 것이었다. 연습을 많이 하게 되면, 자동으로 '감'을 얻게 된다. 여기서 '감'이란 것은 공을 던지는 릴리스 포인트와 어디를 노리고 던져야 하는지이다. 이렇게 설명하다 보니, 그동안 봐왔던 동영상과 칼럼으로 쌓은 내공이 느껴지면서 기분이 좋아진다. 대략 2시간이 지나고, 선생님이 부원들을 모았다.

"자, 오늘은 여기까지야. 다음 시간에는 미리 야구공들을 꺼내놓도록 해. 그리고 너희에게 숙제가 있다. 자, 이거 보이지? 이걸 늘리면서 팔힘을 키우는 거야. 야구는 팔힘이 생명이니까, 열심히 연습하도록 해. 다음 시간에 돌려주는 거 잊지 말고!"

현종은 운동 기구를 잡고 쭉쭉 늘리며 팔힘을 강화했다. 야구선수가 되어 야구공을 던질 생각을 하니 기분이 짜릿했다.


그렇게 몇 달이 지나고, 겨울 방학이 다가올 즈음, 현종의 실력은 월등히 향상되었다. 현종은 지난 몇 달을 돌아보며 참 행복했던 순간들을 떠올렸다. 물론 그 과정에서 힘든 부분들도 없진 않았다. 그의 작고 마른 체격이 한계가 되는 때가 많았다. 그럴 때면 현우가 놀려댔다.

"하하! 그것밖에 못 던져? 저기 있는 누나가 너보다는 잘 던지겠다."

이렇게 현종이 놀림을 받고 시무룩해져 있을 때면, 진영 선배가 와서 도와줬다. 그녀는 현종이 미처 몰랐던 부분들을 가르쳐주고, 현우를 나무랐다. 물론 말을 듣지 않았지만 말이다.

진영이 현종에게 커브의 포지션을 알려주던 날, 현종이 물었다.

"누나, 누나는 저를 왜 이렇게 도와줘요?"

진영은 현종이 귀엽다는 듯이 쳐다보고, 자신이 도와주는 이유를 알려주었다.

"너를 보면, 내가 생각나. 남들의 편견과 괴롭힘에 맞서야 했던 나의 모습이 보여. 나는 그때 도움이 필요했거든. 하지만 아무도 손을 뻗어주지 않았어. 그래서 너를 보면 도와주고 싶은 거야. 그리고 귀엽기도 하고……. 현우 봐라. 쟤는 만날 나한테 작업을 걸잖아. 근데, 넌, 넌 달라."

로맨스 얘기는 이 정도로 하자.


체육 선생님의 가르침과 현종의 노력이 만나 시너지 효과라는 자식을 낳았다. 현종은 웬만한 공의 손 포지션은 모두 습득했다. 열심히 공부하고 연습한 덕분이었다. 나날이 성장하는 현종을 보고 체육 선생님은 뿌듯해 했고, 진영도 더할 나위 없이 좋아했다. 현종은 어디서나 야구공을 손에 올리고 이리저리 돌리며 공을 던지는 자세와 포지션을 시뮬레이션하였다. 현종은 중얼거렸다.

'커브는 집게손가락을 여기에 두고, 가운뎃손가락을 여기에, 그리고 팔은 이렇게…….'

학교 복도에서 공을 던지는 시늉을 하는 현종이를 지켜보고 있던 체육 선생님의 얼굴에 작은 움직임이 일었다. 서로 눈이 마주치자 현종은 체육 선생님의 의미심장한 눈길에 괜히 부끄러웠다. 잠자리에서 이불을 찰 기억처럼 뇌리에 박혔다. 그러나 얼마 지나지 않아 현종은 그 일을 잊어버렸다. 현종의 머릿속은 '맛있다'로 가득 찼다.

"내가 사는 거니까 맛있게 먹어!"

그렇다. 올해 마지막 동아리 활동을 기념해 선생님이 단체로 아이스크림을 샀다.

이 추운 겨울에! 아이스크림이라니…….

그래도 선생님이 샀기 때문에 모두 폭풍 흡입했다. 눈 깜짝할 사이에 아이들은 아이스크림을 해치우고, 아이스크림의 포장을 비닐봉지에 담으려고 했다.

"어? 선생님! 하나 더 있는데요?"

"그래? 그거 내 꺼네."

그렇지만 체육 선생님은 아이스크림을 먹고 싶지 않았다. 신경 쓴 탓인지 배가 조금 아팠기 때문이다. 체육 선생님은 진영을 불렀다.

"너희가 알아서 나눠 먹어."

진영이 '아이스크림 하나 더 먹고 싶은 사람'이라고 외치자마자 현우와 현종의 손이 동시에 올라갔다. 현우는 현종을 보고 그의 키에 대해 놀렸다.

"내가 키가 더 크니까 더 많이 먹어야지. 불만 있으면 키 크던가."

진영은 눈살을 찌푸리며 아이스크림을 현종에게 건네었다. 현우는 남을 놀린 벌을 받는 것이었다. 아이스크림을 받지 못한 현우는 현종의 자존심을 박박 긁어댔다. 진영이 없으면 아무것도 못 한다는 말을 들은 현종은 자존심을 회복하겠다는 듯 인상을 쓰고 대결을 하자고 했다. 그들이 몇 분간의 합의 끝에 만든 룰은 다음과 같다.

'타자와 투수를 번갈아가면서 하며, 두 투수에게는 10번의 투구 기회가 주어진다. 던지는 실력과 치는 실력을 모두 고려해 더 잘하는 선수를 가리는 것.'

먼저 던지는 쪽은 현우였다. 타자의 역할에 있어 현종은 불만족스러웠다. 공 한 개를 쳤지만, 그 공조차 현우의 빠른 구속으로 인해 멀리 나가지 못했다. 현종은 타격으로 인해 떨리는 손을 털며 투수의 역할을 준비했다. 이제는 현종이 투수할 차례였다. 그의 자신감이 너무나도 큰 탓이었을까. 그가 세 번 던진 공은 모두 볼이었다. 현우는 혀를 내밀며 그의 제구 실력을 조롱했다. 현종이 너무 무리해서 변화구를 던지려는 것을 눈치챈 진영은 침착하고 제구에 신경 쓰라고 충고했다. 자, 공을 치고 싶어 하는 현우를 위해 유인구를 던지자. 공을 치고 싶은 현우는 스트라이크 같은 볼을 칠 것이다. 바깥쪽으로 살짝 빠진 스트라이크였다. 현우는 꼴좋게 헛스윙을 했다. 이제부터가 시작이었다. 현종은 어깨가 아팠지만, 직구 몇 개를 더 던졌다. 현우는 혹시 몰라서 오는 공들을 걷어냈다. 현재 공이 2개 남은 상황. 타자가 공을 걷어내 준 덕분에 스트라이크 하나면 삼진이었다.

현종은 남은 공 중 하나를 희생했다. 타자로부터 먼 쪽에 던짐으로써 방심하게 하는 것이다. 그는 마지막 남은 공에 손가락을 얹었다. 마지막 공은 슬라이더로 던져 안쪽으로 휘게 할 예정이다. 아마도 헛스윙일 테고, 잘해야 파울이다. 현종은 있는 힘껏 슬라이더를 던졌다. 그런데 이상하게도 현종의 공은 휘지 않았다. 야구 전문가 진영은 그 이유를 알았다. 변화구의 효과를 보기 위해서는, 일정 수준 이상의 속도가 나와야 한다. 그러나 현종의 공은 충분히 빠르지 않았다. 너무나도 치기 쉽게 들어온 공을 현우는 쳤고, 공을 찾을 수 없을 정도로 멀리 날아갔다. 현종이 금세 시무룩해졌다. 진영은 현종에게 다가와 말했다.

"잘했어. 최선을 다했잖아. 그거면 된 거야."

현종은 생각했다. 최선을 다했다는 사실과 열정을 알아봐주는 사람들이 있어서 너무 기쁘다고. 다른 모든 사람들도 현종 자신을 알아줬으면 좋겠다고.


곧, 겨울 방학이 왔고, 현종은 방학식에 참석하기 위해 강당으로 뛰었다. 그러다 현종은 친구들의 어깨에 의해 채였다. 현종은 비좁은 틈 사이를 밀고 들어가 자리를 잡았다. 현종은 방학식이 전혀 반갑지 않았다. 음질이 좋지 않은 스피커가 선생님들의 말을 흐리게 했고, 무질서 그 자체였다. 서로가 밀고 밀렸다. 여름이면 더했겠지만, 아무리 겨울이어도 친구들과 부덮히는 일은 기분이 좋을 리가 없었다.

"다음으로 퇴임하시는 선생님들과 다른 학교로 전근을 가시는 선생님들을 소개하겠습니다."

몇 초 후 현종이 지켜보고 있던 방학식이 반갑지 않은 이유가 하나 더 늘었다. 사회자 선생님의 입에서 분명 체육 선생님의 성함이 나왔다. 현종은 자신의 귀를 의심하고 싶었다. 그래서 자신에게 주문을 걸었다.

'내가 잘못 들은 거야. 그 선생님은 아무데도 가지 않으실 거야.'

그러나 야속하게도 사회자의 부름에 맞춰 체육 선생님은 조회대 위에 모습을 보였다. 체육 선생님도 떠나기 싫은 듯 아랫입술을 자꾸만 깨물었다. 남학생들은 묵묵히 이별을 맞이했지만, 사회자 선생님이 각 선생님 이름을 호명할 때마다 여학생들은 소리를 질렀다. 잘생겨서 그런지 체육 선생님의 성함이 호명되었을 때, 여학생들의 함성이 특히 거세었다. 그렇게 소리를 지르는 학생들 중, 눈물을 흘리며 체육 선생님을 바라보는, 현종이 있었다.

방학식이 끝나고, 현종은 체육 선생님의 교무실을 찾았다. 현종은 단번에 선생님과 눈을 맞추고 성큼성큼 향했다. 현종이 이글거리는 눈을 부릅뜨고 말했다.

"뭐예요, 이게? 적어도 미리 말이라도 해주던가요. 이제 동아리는 어쩌라고요?"

"나는 아이스크림 사주는 걸로 눈치챌 줄 알았는데……."

"선생님, 왜 저희에게 말씀 안 하셨어요?"

"너희의 기분을 망치기 싫었어. 만약 내가 미리 얘기했으면, 하루하루마다 끝으로 다가가는 기분이 드는데, 나는 그게 마음에 안 들어. 만날 때마다 이별에 가까워지는 거잖아. 그리고 현종아, 내가 사과할게 있어. 다른 체육 선생님들께 말씀드려봤는데, 음……."

현종은 숨을 거칠게 내쉬며 말했다.

"야구 동아리가 해체된다는 말은 아니겠죠?"

"다른 선생님들께도 말씀드려봤는데. 그런데 그게 좀 어려울 것 같아. 다들 바쁘셔서 야구동아리를 맡겠다고 하는 분들이 없어."

현종은 한숨을 내쉬며 돌아섰다. 야구 인생은 이대로 끝이 나는 것일까? 현종은 몸을 축 늘어뜨리고 가방을 챙겼다.

"너 그렇게 야구를 하고 싶어?"

선생님이 물었다. 현종은 가느다란 희망의 끈을 붙잡고 그렇다고 답했다. 전근을 포기할 수도 있다는 걸까?

"네가 무슨 생각하는지 알지만 나는 떠나야 돼. 그런데 네가 그렇게 야구를 계속 하고 싶다면 취미가 아니라 진로로 택한다면 말이야. 덕경중에 가봐. 거기는 제대로 된 야구부가 있거든. 네가 무시무시한 아이들과 경쟁할 용기가 있고 고통을 견뎌낼 수 있다면 야구부에 도전해봐."

교무실을 나가고 있는 현종에게 체육 선생님은 마지막으로 진심어린 충고를 남겼다.

"너의 꿈을 쫓아 가, 너의 뜨거운 열정이라면 불가능은 없어."

선생님과의 대화를 마치고 현종은 생각했다.

"이렇게 야구동아리는 없어져 버리는 거야? 그럼, 난 야구를 어떻게 배우지? 덕경중? 아……, 고민이다."


그동안 의지했던 진영마저 졸업한다. 1학년들은 졸업식 참석이 의무가 아님에도 불구하고 현종은 진영을 만나기 위해 졸업식에 참여했다. 모두가 눈물을 흘리며 학사모를 던질 때, 현종은 진영에게 웃으며 다가갔다.

"졸업 축하해요, 누나."

"어, 그래. 고마워. 너도 학교 잘 다니고. 야구도 열심히 하고."

현종은 진영 덕분에 야구 동아리에서 즐겁게 활동할 수 있었다는 고마운 마음을 전했다. 진영은 자신에게 고마워할 필요가 없다고 말했다.

"현종아, 충고 하나 해줄까? 너의 꿈을 쫓아가다 보면 현우 같이 방해하는 놈들도 있을 거야. 그럴 때는 신경 쓰지 말고 너의 꿈에만 열중하는 거야. 너의 열정을 보여줘서 그들이 너를 무시하지 못하게 만들어버려. 알았지?"

현종은 고개를 끄덕거리며 진영에게 말했다.

"정말로 감사해요. 야구동아리와 함께했던 시간들은 절대 잊지 못할 추억이 되었어요. 나중에 제가 야구 선수가 되면 인터뷰를 할 때 누나 얘기를 꼭 할게요."

현종은 진영과 함께 짜장면을 먹고 헤어졌다. 한편으로는 기쁘고 한편으로는 슬픈 이별의 순간이었다. 그렇게 현종의 1학년이 끝났다.


봄방학이 끝나고 1학기가 시작될 때 현종이 맨 처음으로 한 것은 덕경중 야구부에 대해 알아보는 것이었다. 그러나 대부분 선생님들은 덕경중에서 야구부를 운영한다는 것 외에는 잘 모르는 것 같았다. 그러던 중 현종은 새로 전근을 오신 선생님들 중에 덕경중에 근무했던 분이 있었는데 교내 선도부를 담당하게 되었다는 것을 알고 그쪽으로 향했다.

"규성아, 같이 가자."

"나이가 몇인데 같이 가 달래. 친구니까 이번만 가준다. 야, 빨리 가자."

규성은 영문도 모른 채 선도부실로 이끄는 현종을 따라나섰다. 현종이가 선도부실 안으로 들어가 있는 동안, 규성은 밖에서 기다리기로 했다.

"네……. 그럼, 안녕히 계세요."

얼마 지나지 않아 현종이 풀이 죽은 채로 걸어 나왔다. 현종이에게 뭔가 일이 생겼다는 것을 눈치챈 규성은 조금이라도 도와주고 싶은 마음이었고 무슨 일인지 몹시 궁금했다.

"도대체 무슨 문제인지 알려줘야 내가 도와주지."

"네가 도와줄 수 있는 건 없을 거지만, 알려줄게."

현종은 도움의 손길을 건네는 친구에게 자초지종을 설명했다. 원하는 정보를 찾지 못해 답답해하는 현종과 달리 규성은 무언가 알고 있는 듯했다. 그 이유는 그의 형이 덕경중 소속의 야구부였기 때문이다.

"저기, 현종아……."

규성은 현종에게 자신의 형에 대하여 이야기하려다가 관두었다. 대신 오늘 밤, 준성에게 직접 물어보기로 마음먹었다.

학교가 끝나고 현종이 운동장에서 야구를 할 때, 규성은 영어 학원으로 향했다. 규성은 졸리지만 참고 공부에 열중했다. 학원 수업이 끝나고 규성은 파김치가 되어 집에 돌아왔다. 부모님은 여행 가셔서 안 계시고, 고등학생인 형은 학교에서 아직 오지 않았다. 목을 뒤로 젖히고 소파에 풀썩 주저앉은 규성은 시계를 봤다. 밤 9시. 저녁을 삼각 김밥으로 때운 규성은 배고파 죽을 지경이었다. 큰 과자봉지를 감싸고 다시 소파에 앉았다. 심심해서 TV를 켰다. 아무도 없는 어두운 집을 TV 불빛이 가득 채웠다. 이리저리 채널을 돌리던 중 야구 하이라이트 방송이 눈에 들어왔다. 규성은 생각한다. '야구가 뭐가 그렇게 재미있다고 밥까지 굶지? 야구를 하면 밥이 나오나 돈이 나오나? 어떨 때는 현종이를 도통 이해할 수 없단 말이야. 그리고 이름은 왜 바꾼 거야? 참…… 하는 거 보니 야구로 성공하긴 글렀는데.'

TV를 집중해서 보다 보니 10시가 훌쩍 넘었다. 현관문이 열리더니 형이 들어왔다.

"네가 웬일로 야구를 다 보냐?"

"음…… 그런 사연이 있어. 얘기해줄까?"

규성은 준성에게 자연스럽게 물어보기 위해 현종의 얘기를 시작했다. 현종이 이름을 바꾼 얘기, 학교에서 야구만 하며 생활하는 얘기 등.

"그런데 우리 학교에 있던 야구 동아리가 없어진 거야. 근데 담당 선생님이 전근 가시기 전에 현종에게 말했대. 야구의 길로 들어설 거면, 덕경중 야구부를 추천한다고."

준성은 현종에게 마음이 끌렸다. 열정으로 불타는 모습이 예전의 자신과 닮았기 때문이었다. 준성은 돕고 싶은 마음이 강하게 솟아났다.

"근데, 걔가 뭐래?"

"현종이가 일단 덕경중 야구부 코치님과 연락하고 싶다는데 방법을 모르겠대. 형이 도와주면 참 좋을 것 같은데."

준성은 규성에게 몇 가지를 물었다.

"걔 야구는 잘해?"

"나도 몰라. 우리 학교 야구 동아리에서 연습은 열심히 하던데……"

준성은 속으로 생각했다.

'실력을 잘 모른다고……. 만약 실력이 최악이면 어쩌지? 괜히 코치님이랑 관계가 삐걱거리는 건 싫은데. 하지만 그렇게 배우고 싶어 하는 열정이 있고, 야구를 정말 하고 싶어 하는데……. 그래, 결정했어. 내가 야구부에 있었을 때 코치님이 하신 말씀이 있지. 실력은 만들 수 있지만 열정은 만들 수 없다고.'

준성은 결정을 내리고 규성에게 말했다.

"규성아, 부탁 하나만 하자."

"뭔데? 간식은 형이 갖다 먹어."

"누가 보면 내가 너 만날 부려 먹는 줄 알겠다. 그게 아니라, 현종한테 내일 10시 조금 지나서 전화하라고 해줘. 내 전화번호 알려주고."

"왜?"

"넌 몰라도 돼. 일단 현종한테 얘기해보고. 내 전화번호를 알려줘. 잊지 말고."


다음 날 규성은 현종이 오기만을 기다렸다. 아침부터 운동할 겸 열심히 뛰어 왔는지 땀이 흥건한 얼굴로 현종이가 다가왔다. 현종은 자신을 기다리고 있었다는 규성의 얘기를 들으며 땀을 닦았다.

"아직도 그 덕경중 야구부 때문에 고민이야?"

규성은 물었다.

"어. 그냥 무턱대고 덕경중에 찾아가야 할까? 가기 전에 적어도 연락을 해야겠지? 어떻게 예의를 갖춰야 하나? 나도 모르겠어."

이런저런 걱정으로 얼굴색이 어두워진 현종 앞에서 규성은 의미심장한 윙크를 날렸다. 현종이 진지한 표정을 짓자 규성은 더욱 호기심을 자극할 요량으로 고개를 갸우뚱했다.

"너 왜 그러냐?"

"내가 뭐 알려줄까? 말까?"

현종은 규성의 농담을 받아줄 시간이 없다며 자신의 자리로 향하려 했다. 그 순간 규성이 현종의 귀에다 대고 속삭였다.

"우리 형 덕경중 야구부였어."

그 한 마디에 현종의 눈빛이 금세 바뀌었다. 현종은 생각지도 못했는데 뜻밖에도 뭔가 일이 잘 풀릴 것 같아 기대에 차서 이런저런 생각들을 한꺼번에 했다. 그러다 문득 정신이 번쩍 들었다. 현종은 마음이 조급했지만 애써 불쌍한 표정을 지으며 규성에게 달라붙었다. 규성은 그를 내려다보며 승자의 웃음을 지었다. 그러자 현종은 더욱 애가 탔다.

"규성아……. 너희 형 전화번호 좀…… 나한테 줄 수 있을까?"

규성은 미끼를 풀었다. 대어 한현종을 낚기 위한 심리싸움이 시작되었다. 규성은 낚싯바늘에 떡밥을 꿰고 낚싯줄을 늘어뜨렸다.

"우리 형 전화번호는, 010, 그러니까, 뭐였더라? 아~ 참! 우리 형이 남들에게 전화번호를 막 알려주는 걸 좋아하지 않는다는 걸 깜빡했네. 미안하다."

규성은 낚싯줄을 살살 잡아당겼다. 현종이 포기하지 않도록 유도하는 동시에 어느 순간 낚싯줄을 끌어올릴 작정이었다. 규성은 자신의 말 한마디에 현종이 우왕좌왕할 것이라는 걸 잘 알고 있었다.

"제발, 규성아. 네가 시키는 거라면 내가 뭐라도 할게!"

"며칠 전에 나만 과자 안 줬던 사람이 누구였더라? '한'으로 시작하고 '종'으로 끝나는 사람이었던 것 같은데……?"

현종은 미끼를 덥석 물었다.

"에이, 왜 그래? 우리 친구잖아. 일단 내가 저번 일에 대해 사과할게. 너의 넓은 가슴으로 이해해줬으면 해. 그때는 내가 정말 미안했어."

"그래? 근데 말로만은 부족한데?"

"그렇지, 내가 생각이 짧았네."

월척이다! 규성은 현종을 낚았다. 형의 전화번호에 많은 것을 건 현종이 은근 귀여웠다. 그리고 동시에 그의 열정이 부럽기도 했다.

점심시간이 되고 아이들이 급식실로 향했다. 평소라면 운동장에 있어야 할 현종과 친구들은 온데간데없었다. 현종은 규성의 뒤에 껌처럼 붙었다. 그리고 눈웃음을 치며 말했다.

"음! 오늘 밥 참 맛있겠다, 그치? 밥 잘 먹어. 뭐 필요한 거 있으면 말만 하고."

"뭐야? 갑자기 왜 그래?"

"에이, 왜 그러긴. 우리 사이 잘 알면서."

규성은 급식 식판을 받고 자리에 앉았다. 그러자 그 맞은편에 현종이 잽싸게 와서 앉았다. 밥을 먹을 때는 조용한 친구들이었다. 평소에 밥을 빨리 먹는 규성은 벌써 볶음밥을 다 먹고 후식을 먹었다. 후식은 말랑말랑한 젤리였다. 규성이 제일 좋아하는 간식이었다.

"잘 먹네. 자, 기분이다. 내 것도 먹어."

점수를 따고자 하는 현종이 고개를 쑥 내밀며 말했다.

"그래, 고마워."

규성이는 현종이 주는 젤리를 집어 들고 자리에서 일어났다. 현종도 뒤를 따랐다. 이쯤이면 되었다는 생각을 한 규성이는 현종 쪽으로 몸을 돌렸다.

"이 정도면 됐어. 잘해줘서 고마워. 교실에 올라가서 얘기하자."

현종의 얼굴에는 웃음꽃이 피었다. 그의 친구들이 급식실 밖에서 현종을 기다리고 있었다.

"현종아, 빨리 나가서 야구하자. 다 준비해 놨어."

"미안한데 나 잠시 교실에 들렀다 나갈게. 너희 먼저 하고 있어."

'내가 지금 운동장에 나가는 것도 포기할 정도로 기대하고 있는데 규성이가 딴말하진 않겠지?'

현종이 의심의 눈초리로 규성의 동정을 살폈다.

'아니야, 그래도 난 규성을 믿는다. 친구니까.'

규성이 책상에 걸터앉고 자신 앞의 의자를 가리키며 말했다.

"여기 앉아 봐."

현종은 잔뜩 기대에 부풀어 규성의 말에 고분고분 잘 따랐다.

"사실 내가 형한테 네 얘기를 했어. 그랬더니 너의 열정이 마음에 든대나 뭐래나. 어쨌든 형이 너와 만나서 얘기하고 싶대. 내가 형의 전화번호를 알려줄 테니까 10시 이후에 전화해. 명심해. 우리 형은 학교에서 연습이 늦게 끝나서 10시 이후에만 전화받을 수 있어."

의자의 끄트머리에 걸터앉은 현종은 손으로 오케이 사인을 보냈다. 규성은 형이 친동생인 자신보다 현종을 더 좋아하게 되지나 않을까 걱정이 되었다. 평소엔 그렇게 마음에 안 들던 형을 빼앗길까 봐 현종에게 이유 없이 샘이 났다. 사람의 마음이란 참으로 이상했다.

"잠깐…… 그럼 너는 이제까지 나를 갖고 논 거야? 어차피

너희 형 전화번호를 줄 거였네! 화내고 싶지만 전화번호를 모르
니 참는다?"

규성은 웃으며 옆에 있던 종이를 집어 들었다. 그리고 귀퉁이
를 찢어 전화번호를 적었다. 종이쪽지가 현종의 손에 넘어왔다.

'왜 이렇게 번호가 낯익지? 내가 아는 사람인가? 내가 아
는 사람 중에 '준성'이라는 이름을 가진 사람은 없는데……. 뭐
지?"

현종은 종이쪽지를 골똘히 들여다보다 깨닫고는 눈을 째지
게 뜨며 규성의 등짝을 쳤다.

"이거는 네 전화번호잖아! 어디서 사기를 쳐!"

"하하, 들켰네. 네가 너무 기대하는 걸 보니까 우스워서 장난
좀 쳐본 거야."

규성은 실실 웃으며 형의 진짜 전화번호를 건넸다. 성격 좋은
현종도 그 정도쯤은 웃고 넘길 줄 알았다.


학교가 끝난 후 현종의 일상은 다른 때와 다를 바 없었다. 어
김없이 친구들과 방과 후에 남아서 야구를 한 후 집에 와 야구
방송을 보고 있다. 그런데 오늘따라 경기가 재미없기도 하거니
와 여러 생각들을 하느라 현종은 경기에 집중할 수가 없다.

'야구를 보다가 전화할 타이밍을 놓친다면? 그런 일이 벌어진
다면 내가 게으르다고 생각할 거야. 어떻게 얻은 기회인데, 내
손으로 날리진 말아야지.'

현종은 점심시간에 규성에게 웃으면서 준 젤리가 아까웠지만 후회하지는 않았다. 현종은 기대되었다. 시곗바늘이 '틱 틱' 소리를 내며 10시에 가까워질 때마다 현종의 두근거림은 커져만 갔다. 모든 말초신경과 감각들이 시계에 집중되었다. 현종은 야구중계가 눈에 들어오지 않아 TV를 껐다. 그러고는 눈을 감고 소파에 몸을 맡겼다. 현종은 자신의 미래를 떠올렸다. 사람들이 야구 실력을 의심한다면 어떻게 생각할지 고민이었다. 그럴 때는 찬란한 중학교 1학년 시절 진영이 한 말들을 떠올리면 될 것 같았다.

"남들이 너를 의심하고 무시해도 자신감을 잃지 마. 네가 너 자신을 믿는 한, 아무 문제 없으니까."

현종은 얼굴에 옅은 미소를 띠며 꿈에서 깼다. 꿈속에서는 몇 분 정도밖에 지나지 않았는데, 벌써 10시가 조금 지났다. 현종은 자신감을 갖고 준성을 대면할 준비를 했다. 잠결에 잠긴 목소리를 끌어올리고, 복식호흡 연습을 했다. 배에 힘을 주고 소리를 내뱉었다. 물을 마시다 혹여나 입 냄새가 날까 마시던 물로 입안을 헹궜다. 현종은 수화기를 들고는 마음을 다잡고 전화번호를 눌렀다. 몇 초 후 한껏 고조된 긴장감을 깨뜨린 것은 차가운 자동저장 응답이었다.

"이 번호는 없는 전화번호이므로……."

현종은 화가 머리끝까지 났다. 주먹으로 전화기를 치려는 순간, 자신의 오타를 알아차렸다. 현종은 주위를 둘러봤다. 누군가 있었다면 되게 창피했을 것이기 때문이었다. 현종은 제대로 번호를 누르고 헛기침을 몇 번 했다. 수화기를 두 손으로 꼭 붙잡고 떨리는 목소리로 한마디를 내뱉었다.

"여보세요?"

"누구신가요? 혹시…… 너 현종이니?"

달달하면서도 쩌렁쩌렁한 목소리가 귓가를 울렸다. 생각보다 부드러운 목소리였다. 현종은 간단히 자신을 소개한 후 규성이의 형이 하는 얘기들을 경청했다. 이름은 준성. 듣던 대로 야구부로 유명한 경동고에 재학 중이라고 했다. 둘은 어색한 인사를 마치고 본론으로 들어갔다.

"음……. 우선, 뭐 하나 물어볼게. 규성이에게 듣자하니 네가 야구를 그렇게 좋아한다며? 야구가 좋아서 이름도 바꾸고 점심시간에 야구하느라 밥도 굶는다는 말이 있던데?"

현종의 대답은 소심하게 '네……'라고 대답했다. 야구에 대해서라면 항상 자신감이 넘치는 현종이었지만 준성 앞에서 그의 어깨는 한없이 좁아졌다. 현종은 걱정이 되었다. '규성이가 나에 대해 이상하게 전했으면 어쩌지? 형이 비웃을까?'

현종은 형이 비웃지 않기를 바랐다. 형의 입에서 말이 나오는 것을 듣고 두 눈을 더욱 질끈 감았다.

"하하하! 너 정말 대박이다."

준성이 호탕하게 웃었다. 예상치 못한 반응에 현종은 당황스러웠다. '대박이라니? 뭐가? 나를 비꼬는 건가?'

현종은 자신도 웃어야 할지 잘 모르겠다. 그래도 분위기에 맞추려고 조그맣게 하하 소리를 두어 번 정도 냈다. 혼란스러워하는 현종의 미간이 더욱 좁아졌다. 도대체 왜 웃는 걸까? 뭐가 대박이라는 거지? 걱정 반, 궁금 반의 마음으로 용기를 내어 물어보았다.

"네? 무슨 말씀? 방금 그 말뜻이 궁금해요."

"아니, 네가 그냥 놀라워서. 어떻게 들릴지는 모르겠지만 부럽기도 하고 존경스러워서."

준성은 자신이 현종에게 얼마나 깊은 감명을 받았는지 설명했다. 오직 열정 하나로 삶을 사는 모습이 마음에 들었다고 말했다.

"열정, 네가 가슴 속에 품고 있는 열정은 일부러 만들어낼 수 없는 거야. 설령 그런 열정이 생겼다고 하더라도 금방 없어지는 경우가 많지. 근데 어렸을 때부터 이제까지 그 열정을 유지해 왔다고? 넌 정말로 존경을 받아 마땅해."

"뭐 그 정도까지는 아닌데……, 감사합니다."

현종은 얼굴을 붉히며 감사의 말을 전했다. 그는 준성으로부터 그런 말을 듣는 것이 영광이라 생각했다. 자신의 열정을 높이 평가해서 기분이 좋았지만, 현종이 듣고 싶은 말은 따로 있었다. 점심시간에 야구도 못하면서 젤리와 맞바꾼 '진짜' 용건을 듣고 싶었다. 현종은 용기를 내어 말을 꺼냈다.

"저기, 선배님……. 저의 열정을 높게 쳐주셔서 감사합니다만, 그, 음, 저와 전화를 하고 싶다고 하신 이유가……"

"아! 그렇지. 내가 다른 얘기를 하느라 용건을 까먹었구나. 미안, 미안. 내가 너에게 전화 달라고 한 건 덕경중 야구부 코치님과의 만남을 주선해주려고."

그리고 준성은 자신의 용건을 꺼냈다.

"규성이한테 들어서 알겠지만, 나는 덕경중학교를 졸업했어. 덕경중은 공부면 공부, 예의면 예의, 모든 면에서 최고야. 그중에서도 최고로 인정받는 건 바로 덕경중 야구부야. 그곳에서는 정말로 빡센 훈련들을 하고, 실전 경기도 자주 해. 많은 노력을 쏟아 붓기 때문에, 야구부원들의 실력이 대단하다고 소문이 자자하지."

현종은 그 야구부에 대해 어느 정도는 알고 있었다. 그곳의 야구부는 최고 중 최고로 평가되었고 그 부원들은 선망의 대상이었다. 현종도 그 학교로 진학하고 싶었지만, 집에서 멀어 중학교 배정 구역에 포함되지 않았다. 혹시 하는 마음에 부모님께 전학을 가면 좋겠다는 말씀을 드린 적이 있었지만, 너무 멀기 때문에 반대하셨다. 더구나 야구부에 들어가려고 전학을 가겠다니 허락할 리 없었다.

"내가 덕경중 야구부 소속일 때, 지금과 마찬가지로 최지웅 코치님이 우리 팀을 이끄셨는데, 나와 친분이 두터워. 집도 가까워서 학교 밖에서도 야구하고, 방과 후 끝난 다음에는 밥도 사주실 정도였어. 그만큼 날 예뻐하셨다고. 그런데 내가 졸업

할 때가 되니까 이런 말씀을 하시는 거야. 야구의 길이 보이는 아이를 만나면 다른 학교여도 상관없으니 코치님에게 보내달라고. 나는 알겠다고 했지."

현종의 가슴은 다시 한 번 세차게 뛰었다.

'그게 바로 날까?'

"그래서 말인데, 현종아. 이참에 야구를 제대로 배워보지 않을래? 네가 좋다고 하면, 내가 코치님께 너를 소개시켜 줄게. 코치님께서 허락하시면, 방과 후에 덕경중에 가서 야구부와 함께 연습을 하는 거지!"

현종은 기쁨으로 가슴이 벅차서 숨이 제대로 쉬어지지 않았다. 수화기를 잡은 채 기쁨의 춤을 췄다. 이를 꽉 악물고 팔에 힘을 꽉 쥔 현종의 얼굴에 미소가 만연했다.

"자, 그럼, 현종아. 이제 네 손에 달렸다. 할 거야, 말 거야?"

바로 이 순간이 현종의 인생 전환점이었다. 이 기회를 통해 야구의 세계에 몸담을 수 있다. 이 기회를 통해 양현종 선수와 직장 동료가 될 수도 있다. 그래. 이건 앞으로 진짜 내 길이다. 현종은 속으로 생각했다.

"네, 당연하……"

현종은 자신의 열정을 따라 준성의 제안을 흔쾌히 승낙하려 했다. 그러나 말이 목구멍에 걸려 입 밖으로 나오지 않았다. 열정이 액셀을 밟으며 소리쳤다.

"뭘 기다려? 기회는 왔을 때 때 잡아야지! 지금 아니면 영영 없을지도 몰라!"

현종이 꾸물대는 이유는 부모님 때문이었다. 이런 중대한 결정은 우선 엄마의 허락을 받아야 할 것 같았다. 결국 그는 준성에게 잠시 기다리라고 한 뒤, 방에서 책을 읽고 계신 엄마에게 다가갔다.

"저기, 엄마……."

엄마는 현종이 부르는 것을 듣고 책에서 눈을 떼었다. 엄마는 독서용 안경을 조금 내리고 고개를 숙여 안경 위로 아들을 넘겨다봤다.

"그게……, 잠깐 말씀드려야 할 게 있어요."

현종은 준성이가 자신을 무척 좋아한다는 것부터 최지웅 코치와 덕경중의 야구부까지 모든 것을 말했다. 단지, 아직 준성의 제안은 언급하지 않았다.

"그래서?"

"규성이네 형이 코치랑 되게 친한데…… 음, 어."

"그건 아까 얘기했잖아. 빨리 말해."

"형이 코치한테 연락해서 저를 넣어줄 수 있다고 하는데……"

엄마의 반응은 복잡했다. 약간의 쓸쓸함과 걱정을 보이며 한숨을 쉬었다. 그리고는 말했다.

"노을 아니 현종아. 우리…… 얘기 좀 할까?"

그리고는 우선 형과의 전화를 끊으라고 말했다. 현종은 그러고 싶지 않았지만 형에게 상황을 설명하고 나중에 다시 전화하겠다는 말을 한 뒤 전화를 끊었다. 다행히 형이 너그럽게 이해해주는 것 같았다.

현종은 방으로 돌아와 엄마 앞에 시무룩한 모습으로 무릎을 꿇고 앉았다. 엄마가 먼저 눈을 잠시 감았다가 뜨면서 입술을 뗐다.

"자, 그럼 시작해 보자."

현종도 눈을 감고 입술을 꽉 깨물었다.

"현종아, 너는 그곳에 정말로 가고 싶니?"

현종은 그렇다고 답했다. 어느 때보다 확신에 찬 목소리였다. 그곳이 어떻게 자신의 꿈과 직결되는지도 설명했다.

"그럼 방과 후마다 거기에 가서 야구를 하면, 야구 선수의 꿈은 굳어지겠네? 공부는 완전히 포기한 거고, 야구에 전념할 거니까, 그치?"

현종은 그렇다고 고개를 끄덕였다.

"단도직입적으로 얘기할게. 내 말에 상처받지 말고 잘 들어. 일단 엄마는 네 직업으로 야구 선수가 맞지 않는다고 생각해. 왜냐하면, 너는 다른 아이들보다 몸이 좀 약한 편이기도 하고, 체격 조건이 맞지 않아. 게다가 넌 야구를 전문적으로 배우지도 않았잖아. 프로야구선수가 될 사람들은 초등학교 때부터 야구부 활동을 시작하거든. 그 말은 네가 야구선수가 되려면 남들보다 몇십 배는 더 열심히 노력해야 한다는 말이야. 넌 노

력할 수 있다고 하겠지. 그럼, 노력만 한다고, 야구선수가 되기
쉬워? 그것도 아니야. 선수 지망생 중에서 연습만 하다가 끝나
버리는, 너무나 가혹한 삶으로 꿈을 포기하는 사람들이 수두
룩해. 그런데 넌 그들이 노력하는 것의 몇 배를 더 노력해야 한
다고. 현종아. 진지하게 생각해 보고 대답해 줘."

현종은 심각하게 고민했다. 그의 마음 한구석은 이렇게 말하
고 있었다.

'이제까지 혼자 해왔는데, 배우면서 열심히 하면 되지. 뭘 못
하겠어? 준성이 형도 그랬잖아! 내 열정 참 대단하다고. 그래,
부딪쳐 보는 거야. 그리고 이제까지의 열정 그대로 꾸준히 밀어
붙이는 거지. 자신감을 가져, 현종아!'

현종은 솔깃했다. 엄마 말이 듣고 보면 맞는 얘기였다. 그렇
다고 이대로 포기하고 싶지는 않았다. 포기할 땐 포기하더라도
지금 당장은 아니었다. 일단은 꼭 해보고 싶었다.

"엄마……"

그 순간, 마음 한 구석에선 불안감이 들었다.

'아까 엄마가 한 얘기 못 들었어? 네 체형이 안 맞대잖아! 너
도 친구들이랑 야구하면서 느꼈잖아! 솔직히 너도 너의 실력을
잘 알고 있잖아. 안 그래? 덧붙이자면, 그렇게 힘든 연습을 견
뎌내고 남들보다 더 노력할 자신이 있어?'

현종은 풀이 죽어 자신에게 대답했다. 아니, 자신이 없어.

결정하는 게 어려웠지만, 현종은 용기를 냈다.

"엄마, 솔직히 말해서 저는 야구가 그냥 좋아요. 야구를 배우고 싶어요. 엄마가 걱정하시니까, 야구 선수가 되고 싶지도 않아요. 그러니 하루에 3시간만 제가 하고 싶은 걸 하게 해 주세요. 취미로 생각해주시면 안 될까요? 3시간만요. 그러니까 이 문제를 너무 심각하게 받아들이지 말자고요."

엄마는 현종에게 덤덤한 얼굴로 알겠다고 한 후 안도의 숨을 내쉬었다. 그녀는 자신의 아들이 야구 선수의 길을 걷는 것을 원하지 않았다. 선수 생활은 위험하며 무모하다는 생각이었다. 만약 현종이 야구선수가 자신의 꿈이라고 말했다면, 둘의 대화는 오늘 안에 끝나지 않았을 것이다. 엄마는 생각했다.

'휴, 현종이가 야구를 취미로만 받아들이겠다니 정말 다행이야. 역시 내 아들은 엄마를 실망시키지 않는다니까.'

현종도 엄마가 안도의 숨을 쉬는 것을 보고 다행이라고 생각했다. 사실, 그는 야구를 진로로 생각하고 있었다. 현종이 진실을 얘기하지 않은 이유는, 만약 그랬다면 말다툼이 일어나고 결론이 나지 않을 것을 잘 알고 있기 때문이었다. 그리고 현종은 엄마가 자신의 꿈을 반대한다는 사실을 받아들이고 싶지 않았다. 어떨 때는 모르는 게 약일 때가 있다. 엄마는 미소를 지으며 현종의 어깨에 손을 얹으며 말했다.

"그래, 나는 네 결정을 존중한다. 자, 어서 가서 전화로 형에게 네 의사를 밝히렴."

현종은 긴장한 표정을 지으며 수화기를 들고 전화번호를 정성껏 하나하나 누른 후 목을 가다듬었다.

"여보세요? 선배님? 네, 엄마와 상의했는데 야구부에 동참하기로 했어요. 그리고 부탁드릴게 있어요. 혹시 한 번 가 볼 수 있을까요? 제가 걱정이 많기도 하고 실감이 안 나서요."

"알겠어. 내가 이번 주말에 코치님과 만나서 말씀드려볼게. 그리고 궁금한 거나 어려운 점이 있으면 규성이를 통해서 알려주고."

현종은 준성에게 감사의 말을 전했다.

"선배님의 도움으로 제 꿈을 이룰 수 있게 되었어요. 정말 감사해요. 저는 이 기회를 발판 삼아 프로 선수가 될 거예요. 그리고 나중에 가서도 형을 절대 잊지 않을게요."

"그래. 나도 고맙다. 내 제안을 받아들여줘서. 아! 그리고 그냥 편하게 준성이 형이라고 불러. 알았지?"

현종은 알았다고 대답을 하고 난 후 문득 궁금한 게 생겼다.

"근데 선배님, 아니, 준성이 형. 저를 왜 이렇게 도와주시는 거죠? 규성이 때문인가요? 다른 이유가 있는 건가요?"

"나는 야구가 정말 좋아. 항상 어떤 것을 좋아하는 사람들은 남들에게 그것을 퍼뜨리고 싶어 하지. 기쁨을 같이 나누고 싶으니까. 나도 마찬가지로 야구를 알려주고 싶어. 얼마나 재밌는 운동인지. 그래서 규성이를 꼬드겨 야구를 조금 가르쳤지. 규성이는 재능이 있더라고. 그런데 야구를 그렇게 재미있어 하지 않았어. 게다가 열정도 없었어. 주위를 둘러봐도 야구를 그냥 하는 애들은 많았어도 열정을 갖고 있는 아이를 만나지 못했어. 그렇게 오랜 시간을 포기하고 지내다가, 너의 이야기를 듣게 되었어. 열정이 많은 아이가 있다고. 그때 난 결심했지. 너를 이끌어 주기로."

현종은 고개를 끄덕였다. 준성이 하는 말에 깊게 공감할 수 있었다. 자신도 같은 생각이 들 때가 있었기 때문이다. 친구들에게 야구를 가르치려 했을 때, 처음엔 반응이 별로 없었지만 야구를 하자고 끊임없이 설득하고 가르쳐서 현종은 지금의 친구들을 만들었다.

"형! 정말 다시 한 번 감사합니다. 열심히 하겠습니다. 좋은 밤 되세요."

현종과 준성은 서로에게 잘 쉬라는 인사를 하고 전화를 끊었다. 현종은 너무 흥분한 나머지 열이 올라 흘린 땀을 닦으며 편히 앉았다. 그러고는 자신의 다리를 꼬집었다. 야구를 제대로 할 수 있다니 믿기지가 않았다.

한편으로는 현종은 자신의 결정이 성급한 건 아닌지 두려웠다. '만약 견디지 못할 정도로 힘들면 어쩌지?' 엄마의 말이 자꾸 머릿속에 빙빙 맴돌았다. '넌 그들보다 몇 배, 몇십 배를 더 열심히 해야 되는데, 할 수 있겠어?' 현종은 그 말을 자신에게 또 물었다. 할 수 있겠어? 정말 그럴 수 있겠어? 그럼 할 수 있지. 못할 게 뭐야?

그리고 다시. 현종은 무너져버렸다. 다가오는 미래가 어떨지

장담할 수 없기 때문에 두렵기도 했다. 얼굴에서 눈물이 쏟아졌다. '씨…… 못할게 뭐가 있냐고. 이제까지 해왔는데. 지금 하던 대로하면 되지. 내가 못할 게 뭐가 있냐고, 엄마!' 현종은 자리에 있지도 않은 엄마에게 짜증이 나려고 했다. 엄마는 날 못 믿나. 도대체 난 뭐지? 질문을 하다 그대로 힘이 빠진 현종은 침대에 풀썩 누웠다. 어느 사이엔가 눈물이 귀를 타고 흘러 내려 머리카락을 적셨다. 오른팔을 들어 눈을 가리고 현종은 잠에 빠져들었다.

같은 시간, 준성은 SNS 활동을 하며 휴대폰을 만지작거리고 있었다. 그러나 글들과 사진들이 눈에 들어오지 않는다. 준성은 현종의 열정을 믿었지만 현종의 실력은 믿지 못했다. 그런즉 코치에게 소개하기가 두려웠던 것이다.

'만약 현종이가 겉멋만 든 거면 어쩌지? 아……, 내가 너무 성급했나? 이제 와서 안한다고 할 수도 없고.'

준성의 걱정은 그뿐만이 아니었다. 만약 코치님이 야구부 인원이 다 차서 안 된다고 하면 현종에게 그 소식을 어떻게 전할까. 정말로 미안할 것 같았다. 희망을 주었다 뺏는 것은 더 고통스럽기 때문이었다. 일단 주말에 코치님과의 약속을 잡아야 한다는 것을 메모장에 기록하고 준성은 침대에 몸을 눕혔다.

약속했던 주말이 되었다. 준성은 코치님과의 약속에 절대 늦기 싫었기에 약속 시간보다 15분 정도 일찍 와 기다리고 있었다. 주말에는 야구부 훈련에 몰입해야 한다는 코치님에게 사정하며 시간을 내달라고 애원했다. 결국, 그의 끈질김으로, 만남은 성사되었지만, 준성은 불안한 듯 다리를 떨었다. 바깥을 보며 물을 홀짝홀짝 마셔댔다.

'코치님과 마지막으로 만난 게 언제였을까? 2년 정도 전이네. 졸업식 날 울고불고 난리 났었는데…… 다시 뵙는다고 하고 까먹었네. 근데 결국, 다시 뵙게 됐네.'

여러 이유로 준성은 현종에게 고맙다는 말을 하고 싶었다. 그 중에 하나가 코치님과 다시 만날 기회를 주었다는 것이었다.

'꿀꺽꿀꺽.'

물을 홀짝 마시다 보니 어느새 컵이 바닥을 드러냈다. 빈 컵을 보니 준성은 자신도 비워야겠다는 생각이 들어 화장실로 향했다. 그는 오줌통을 비우고 나서 손을 씻었다. 준성은 두 손으로 세면대를 짚어 얼굴을 들여다봤다.

'준성아, 긴장하지 마. 그냥 오랜 친구를 오랜만에 본다고 생각해. 후, 후. 심호흡해. 그렇지. 후, 후, 후, 후.'

준성은 눈을 감고 숨을 크게 들었다 내쉬었다 했다. 그가 자신을 진정시키는 동안, 건장한 남성 한 명이 카페 문을 열고 안에 들어섰다.

'야! 내 정신 좀 봐!'

얼굴의 물들을 옷소매로 닦고 그는 화장실에서 천천히 나왔다. 발걸음을 최대한 조용히 하고 문을 살그머니 열었다.

"최 코치님?"

문 앞에 서 있던 남자가 낯익은 목소리를 듣고 몸을 돌렸다.

"녀석, 삼촌이라고 부르라니까. 그동안 잘 지냈어? 3번 타자!"

준성은 자신이 항상 3번 타자의 역할을 맡았던 기억이 새삼스러워 피식 웃었다.

둘의 만남은 너무 오랜만이라 그런지 조금 어색한 감도 있었다. 그러나 곧 화제가 무르익어 최 코치는 준성의 키에 대해서, 준성은 최 코치가 얼마나 젊어 보이는지에 대해 서로 칭찬했다. 그러고는 카운터에서 음료를 주문했다.

"내가 낼게. 오랜만에 만났는데 선생님이 내야지. 어떻게 돈도 안 버는 학생한테 얻어먹나?"

둘은 자리에 앉아 '그 아이'에 대한 이야기를 시작했다. 코치가 먼저 입을 열었다.

"그 애, 이름이 뭐랬지?"

"현종이요."

"현종이라…… 야구는 얼마나 잘해? 야구하는 거 봤을 거 아냐!"

"실은…… 못 봤어요."

"단 한 번도?"

최 코치가 어이없어하는 것을 보자 준성도 멋쩍어서 머리를 긁적였다. 그리고 실력도 모르면서 왜 이렇게 밀어주려고 하는 건지 준성은 설명할 필요성을 느꼈다.

"제가 아직 현종이가 하는 경기는 못 봤어요. 근데, 들어보세요. 현종이와 제 동생 규성이와 같은 중학교에 다니거든요. 어느 날, 규성이가 현종이에 대해 얘기하는데, 걔 열정이 장난 아니에요. 원래 이름이 '한노을'이었는데, 양현종 선수를 너무 좋아해서 개명까지 했고, 점심시간마다 나와서 밥도 안 먹고 야구를 한대요. 집에서는 야구 영상이랑 칼럼 보면서 분석을 하고, 캐치볼만 하면서 혼자 투구 연습을 한 대요. 너무 기특하잖아요. 어쨌든 야구에 정말 미친 아이인 것 같아요. 그건 확실하다니까요."

"음, 제3자를 통해 들은 말이라…… 그리 신뢰가 가지 않는데, 직접 얘기는 해봤나? 진로에 대해 진지한 대화라든지?"

준성은 그렇다고 답하고 화요일의 전화에 대해 말했다. 그는 현종이 오랫동안 고민하고 결정을 내렸다는 것과 우선 한 번 테스트 받고 싶다는 것에 대해. 준성과 눈을 맞추는 최 코치는 의문을 품은 눈빛이었다.

"그렇게 열정이 충만한 아이가 왜 결정하는데 뜸을 들였을까? 왜 시험 삼아 가본다고 했을까? 음? 내가 볼 때 그 아이의 열정은 너무나도 과장되었어. 진심으로 야구를 좋아하는 아이였다면 단번에 하겠다고 했겠지, 안 그래?"

준성은 그런 건 아닐 거라고 말하고 싶었지만 참았다. 준성은 알고 있었다. 현종은 야구에 대한 열정은 많았지만 잘할 수 있을지에 대한 두려움 때문에 고민한다는 것을.

"야! 준성아!"

최 코치가 딴생각을 하는 준성을 불렀다. 그리고는 현종에 대해 회의적인 태도를 취하며 그의 순수한 열정을 '어른의 눈'이라는 탁한 색안경을 통해 해석했다. 코치의 말들을 듣다 보니 준성은 참을 수 없었다. 자신이 그토록 마음 끌리고 감명받았던 현종의 열정을 깎아내리는 것 같았다.

"현종이가 제가 한 제안에 대해 깊은 고민을 한 것은 열정이 부족해서가 아니에요. 자신의 야구 수준이 낮아서 소심해하고 있는 거예요. 제가 규성에게 들은 것을 조합해보면…… 실력은 한마디로 동네야구 수준 같아요. 그렇지만!"

최 코치가 준성의 말을 끊었다. 준성은 계속 말하려 했지만 코치가 조용히 하라는 손짓을 했다. 그리고 미안한 듯 숨을 깊게 들이마시고 입을 뗐다.

"알겠어. 열정이 충만한 게 사실이라고 쳐. 그럼, 열정이 있다고 다 잘하냐? 못하는 선수들은 열정이 부족해서 못하는 거야? 아니, 실력이 부족한 거야."

"아닙니다. 열정이 있으면 뭐든 할 수 있어요. 열정이 있으면 끊임없는 노력을 하고, 남보다 더 노력을 하면 불가능이란 없어요!"

최 코치는 준성이 재미있다는 듯이 크게 웃었다. 덩치 큰 그의 몸에 걸맞게 웃음소리까지 커서 테이블이 흔들릴 정도였다.

잠시 후 코치는 웃음을 멈추고 준성에게 얼굴을 가까이했다.

"너, 너무 영화를 많이 본 거 아니야? 열정이 있으면 뭐든 다 된다고? 그건 책이나 영화에 나오는 얘기지. 야구는 현실적이고 경쟁을 부추기는 종목이지. 열정만 있다고 이길 수 있는 이상적인 그런 게 아니라고. 너도 잘 알잖아."

최 코치는 말을 꺼내려는 준성을 제지하고 가혹한 현실이라는 채찍으로 준성을 채찍질했다.

"그리고 설령 개의 실력이 평균으로 치더라도, 어려서부터 체계적으로 야구를 한 아이들에겐 상대가 되지 않을 거야. 현종이 다른 애들보다 타고난 거라도 있으면 모를까……. 그것도 아니잖아."

준성은 드디어 자신이 말할 수 있다는 사실을 기뻐하듯 웃으며 현실의 채찍을 받아쳤다.

"현종이 남들과 비교해서 잘난 게 없다고요? 그 애가 몸도 별로고 경력도 없긴 해도 결코 하찮게 봐서는 안돼요. 이 마음만큼은 별로가 아닙니다. 코치님, 저를 한 번만 믿어보세요. 그리고 현종이를 믿어주세요. 저도 처음엔 어땠는지 생각해보세요! 저보고 집에 가라고 하셨잖아요. 하지만 지금의 저를 보세요. 피땀 흘려 노력한 결과 자랑스러운 야구인이 되어 가고 있잖아요."

준성의 열변에도 코치의 돌 같은 마음은 흔들림이 없었다. 더 이상 어떻게 말해야 할지 준성은 난감했다. 존경하는 선생님이지만 조금은 밉기도 했다. 준성은 턱을 내민 채 뚱한 표정을 짓다가 뭔가 생각해냈다.

"코치님, 저에게 좋은 아이디어가 있어요. 한 번 들어보세요."

준성은 코치에게 자신의 아이디어를 속삭였다. 그리고 무릎까지 꿇을 기세로 간청했다.

"제발, 제발요……."

코치는 한동안 아무 말을 하지 않았다. 뭔가 무거운 분위기가 한동안 흘렀다. 그러더니 고개를 끄덕이며 알겠다고 했다. 준성은 뛸 듯이 기뻐하며 진짜로 존경한다고 감사하다고 했다. 그리고 둘은 자연스럽게 수다를 떨기 시작했다. 경동고 야구부에 대한 얘기, 덕경중과 코치의 근황, 프로야구에 관한 수다. 저녁 7시가 되어서야 준성은 카페에서 나왔다.

"자주 불러내라."

"저도 자주 만나 뵙고 싶어요."

헤어지는 인사였지만 진심이었다. 준성은 최 코치의 차가 안 보일 때까지 한참 서 있었다. 오랜만에 코치를 만나 기분이 매우 좋았다. 재밌는 수다도 떨었고, 맛있는 음식도 먹었다. 그는 시계를 보고 깜짝 놀랐다. 그곳에서 4시간 가까운 시간을 보낸 것이다. 그래도 오랜만에 즐거웠다.

집에 오니 엄마가 밥을 차려놓고 기다리고 있었다. 다른 가족들은 먼저 밥을 먹은 후였다. 의자에 앉아 묵묵히 밥을 먹던 준성은 남몰래 빙긋 웃었다. 식사를 마치고 방으로 들어가자, 규성이 의자를 돌려 앉았다.

"어땠어? 어떻게 됐어?"

"어떻게 되긴. 이 형이 사회성 하나는 좋단 말이야. 코치님과 참 재밌는 시간을 보냈지. 내 근황에 대한 얘기도 하고, 프로야구 얘기도 했어. 코치님은 올해 기아가 우승할 것 같대. 풋…… 어림없는 소리."

규성은 고개를 앞으로 빼며 조심스럽게 물어보았다.

"아니 그거 말고. 현종이 얘기는?. 혹시…… 까먹었어?"

준성은 소스라치게 놀랐다. 현종의 용건에 대해 잊고 있었기 때문이었다. 4시간 중 고작 20분 동안만 현종이 얘기를 했으니 그럴 만도 했다. 그의 입에서 아, 맞다, 잊고 있었어, 가 튀어나왔고 무의식적으로 아 맞다!'가 또 튀어나왔다.

"으…… 걔한테 5시에 전화한다고 했는데! 고맙다, 규성아. 너 없었으면 큰일 날 뻔 했다. 형이 나중에 맛있는 거 사줄게."

준성은 자신의 폰을 꺼냈다. 휴대폰 소리를 진동으로 해놓았는데 3건의 부재중 전화가 와 있었다. 모두 현종으로부터 1시간 정도 전에 온 것이었다. 준성은 현종에게 부리나케 전화했다.

"여보세요……?"

현종이 잠긴 목소리로 답했다. 전화기 앞에서 깜빡 잠이 든 모양이었다. 준성은 한 번 더 현종에게 미안했다. 그리고 마음이 쓰였다.

"미안해, 현종아. 형이 다른 일이 생겨서 전화를 못 줬어. 정말 미안해."

"그렇죠? 저는 형이 절대 까먹지 않을 줄 알았다니까요. 그래서 어떻게 됐어요? 코치님이 뭐라고 하세요?"

준성은 조심스럽게 말을 꺼냈다.

"네 자존심이 상할 수도 있는데, 솔직하게 말할게. 처음엔 코치님이 되게 반대하셨어. 네가 실력은 별로고 열정만 많은 아이라고 추측하셨다고. 내가 설득해도 눈을 감고 고개를 흔들기만 하는 모습을 보고 고집이 참 대단하다는 생각이 들었을 정도야."

준성은 전화기의 반대편에서 탄식을 들을 수 있었다. 현종의 눈물방울이 볼을 타고 흘러내리는 소리가 들리는 것 같았다.

"그래서, 내가 코치님과 거래를 했어. 네가 한 번만 일단 가보고 싶다고 했잖아. 이제 코치님도 똑같은 입장이야. 만약 맛보기로 야구부에 갔을 때 코치님 마음에 들면 계속 야구를 가르쳐주시는 거고 마음에 들지 않으면 다시는 오지 말래. 어때? 자신 있어?"

현종은 안도의 한숨을 내쉬며 말했다. 기회를 준 것만으로도 감사하다고. 도전도 못해보고 끝나는 줄 알았다고.

"아직 안심할 때가 아니야. 코치님 성격이 워낙 깐깐하셔서 마음에 들기는 어려울 거야. 하지만 불가능하지는 않아. 최선을 다해 하면 잘 될 거야.”

“네……. 자신은 없지만 일단 해볼게요. 언제 어디로 가면 되죠?”

“돌아오는 이번 주 화요일에 덕경중으로 가면 돼. 네 학교가 끝나고 가면 이미 야구부들은 연습을 한창 하고 있을 거야. 기죽지 말고! 자신감을 가져.”

준성과 현종은 대화를 마쳤다. 정말 잡다한 생각들이 현종의 머릿속에서 뒤엉켰다. 행복했고 설레었고 희망이 넘쳤다. 두렵고, 무섭고, 걱정되었다. 행복과 불행으로 가득 찬 파도 속에서 굳건히 자리를 지켜야 된다는 생각으로 주먹을 불끈 쥐었다.

‘화요일이 오려면 참 멀겠다.’

시간이 훌쩍 지나 어느새 화요일이었다. 많이 기다렸기 때문에 모든 것이 특별해 보였다. 옆집에 사는 개가 오늘이 화요일임을 노래하는 듯 멍멍거렸고, 학교로 가는 길의 민들레가 화요일의 냄새를 풍겼다. 언제나 한결 같던 공기도 화요일의 색깔을 띠었다. 학교에 도착했을 때, 친구들이 물었다.

“너 왜 이렇게 눈이 빨개? 왜 이렇게 기운이 없어? 도대체 무슨 일이야?”

그렇다. 현종은 어제 밤을 새웠다. 결코 의도한 것이 아니었지만, 잠이 오지 않았다. 설레거나 걱정될 때 잠이 오지 않는 것은 그의 버릇 중 하나다. 여행 가기 바로 전날, 중요한 시험을 앞둔 날, 그리고 프로야구 결승전 전 날. 오늘은 코치와 만나는 날이어서 긴장되어 잠이 오지 않았다.

수업시간이 되고 평상시와 같이 현종은 공부에 집중하지 않았다. 그러나 오늘은 야구에 관련된 생각도 하지 않았다. 코치와의 만남만이 머리를 가득 채웠다.

"야! 한현종!"

그는 정신을 차리고 선생님을 쳐다봤다. 자신이 무의식중에 다리를 떨어서 시끄러운 소리를 냈던 것이다.

"죄송합니다. 코치님, 아니…… 선생님."

친구들이 그의 말실수를 듣고 킥킥 웃었다.

점심시간이 되고, 현종은 웬일인지 급식실로 향했다. 친구들이 같이 야구를 하자고 했지만 오늘만은 쉬고 싶다고 말했다. 조용히 앉아 밥을 먹는 둥 마는 둥 하고 지친 몸을 책상에 내려놓고 잠이 들었다. 너무나 긴장한 나머지 피곤한 듯했다. 곧 점심시간이 끝나가지만, 그는 잠에서 깨지 않았다. 선생님들이 깨워 보려고 시도했지만 꿈쩍도 하지 않았다. 그렇게 나른한 오후 수업시간을 보내고 학교 수업이 끝났다.

"야! 어디 가!"

친구들이 불렀지만 현종은 묵묵부답이었다. 방과 후에 항상 하던 야구도 하지 않고 현종은 덕경중으로 향했다. 발걸음을 내딛으며 곧 일어날 만남을 상상해보았다.

'잘 웃고, 인사를 깍듯이 해야지. 내 실력을 보여주기도 전에 찍히면 안 되잖아. 거기 있는 친구들한테도 좋은 인상을 남겨야겠어.'

현종은 지나가는 행인들에게 웃는 얼굴로 인사를 했다. 누가 알겠는가, 코치가 이 사람들 중 있을지. 인사를 받은 사람들은 예상치 못했다는 듯 주춤하더니 이내 고갯짓으로 답례했다.

'자신감을 가지자! 어깨 펴! 말도 또박또박하고.'

현종은 '해야 하는 것들'의 목록에서 하나하나 확인하며 체크 표시를 했다.

'인사하기, 체크. 말 똑바로, 체크! 어깨 펴기……'

현종은 자신의 처진 어깨를 곧게 세웠다. 고개는 살짝 위를 향하게 하고 가슴을 폈다. 이제 영화 속의 고릴라처럼 가슴을 마구 두드릴 준비가 되었다.

'체크!'

덕경중으로 경쾌한 발걸음을 내딛을 때마다 자신의 꿈에 가까워지는 느낌이 들었다.


현종이 자신의 미래에 대한 행복한 상상을 할 때, 최 코치는 깊은 갈등에 빠졌다. 만약의 경우, 현종의 실력이 형편없다고 치자. 그렇다면 그를 바로 내쫓거나 아니면 제대로 가르치거나 둘 중 하나다. 그는 생각했다.

'만약 현종을 내쫓는다면 죄책감을 느낄 것 같다. 겉멋 들어서 야구하려는 애들이 많은 판에, 진심으로 하고 싶어 하는 애를 막는 거잖아. 아직 싹이 보이지 않는 것일 수도 있잖아? 그리고 준성이도 정말 간절히 부탁하던데…… 거절하면 미안할 거야. 근데, 가르친다고 해봐라. 그럼 일단 다른 애들이 반발하겠지. 자기들은 초등학교 때부터 힘들게 올라왔는데 낙하산 타고 온다고. 그리고 우리 팀 야구부 명예도 떨어질 거야. 아, 어쩐다?'

코치는 학생들의 의견을 듣고 싶었다. 그래서 자신의 팀에서 가장 공부도 잘하고, 운동도 잘하는 야구부 주장을 불렀다.

"준규야! 이리 좀 와 봐."

준규가 한달음에 뛰어왔다.

"네, 선생님. 왜 그러십니까?"

"야, 준규야. 뭐 하나 물어보자. 네가 나, 그니까 코치라 치자. 그리고 어떤 학생이 네 팀으로 들어오고 싶대. 걔가 실력은 없어도 열정은 충분해. 그 애를 제자로 받겠나?"

준규는 질문이 자신의 팀과 관련 있는지 물었다. 코치는 눈치가 빠르다고 생각하며 대답을 종용했다. 그러자 준규는 대수롭지 않다는 태도였다.

"충분한 열정이 있으면 불가능이란 없어요. 저는 그 친구의 잠재력을 믿고, 어떻게 해서라도 가르칠 거예요. 열정이란 게 좋은 교육과 만난다면 혹시 모르잖아요. 류현진이 나올지도요."

코치는 준규의 말에 설득 당했다. 그의 말처럼 현종의 열정과 자신의 좋은 교육이 만난다면 엄청난 선수가 탄생할지도 모르기 때문이었다. 코치는 준규에게 돌아가라고 한 다음, 두 손을 가지런히 모으고 의자에 기대 눈을 붙였다.

잠시 후 코치가 눈을 뜨자, 몇 명의 학생들이 문을 두드리며 자신을 부르고 있었다. 그는 새우잠에서 깨어 입가를 슥 닦고 문으로 향했다. 문 앞의 옷걸이에 걸려 있는 트레이닝복을 집어 들었다. 아직 잠에서 덜 깬 코치는 신경질적으로 문에다 대고 소리쳤다.

"용무가 있더라도 좀 있다 오란 말이다!"

코치의 목소리를 들은 민재는 단잠을 깨우면 불호령이 떨어진다는 걸 알고 있었기 때문에 나중에 오겠다고 했다. 그러나 생각이 바뀐 코치가 무슨 일이냐고 물어 민재는 신속하게 상황을 보고했다.

"어떤 아이가 왔습니다. 저희가 운동하고 있는데 계속 보고 있더라구요. 저흰 운동에만 집중하고 있었는데 코치님을 꼭 뵙고 싶다고, 기다리겠다고 합니다. 코치님 피곤하신 것 같은데 제가 나중에 오라고 돌려보낼까요?"

"지금은 어디 있는데?"

"저쪽 나무 아래서 기다리고 있습니다. 오라고 할까요?"

"빨리 불러와."

최 코치는 하품을 늘어지게 하며 어떤 아이일지 상상해보았다. 코치가 민재에게 그 아이의 외관을 묻지 않은 것은, 어쨌든 선입견 없이 대할 생각이었기 때문이었다. 갑자기 준성의 말이 떠올랐다.

'저도 그 땐 잘 못했잖아요.'

'그것도 나름이지, 임마!' 최 코치는 혼잣말을 했다.

모름지기 운동은 타고난 데가 있어야 하는 법. 최 코치는 그렇게 믿었다.

똑똑. 노크 소리에 최 코치는 문을 두드리는 사람이 민재라고 생각하고 "민재야, 들어오라고 해라."라고 소리쳤다. 멋쩍은 표정으로 걸어 들어오는 아이를 놔두고 민재는 밖으로 나갔다. 그 순간 쾅, 소리를 내며 문이 세게 닫혔다. 깜짝이야. 최 코치가 놀라는 모습을 보고 아이가 웃고 있었다. 햇빛이 비치면서 몽환적인 실루엣을 형성했다. 방안의 먼지가 공중으로 뜨면서 멋있는 안개를 재현했다.

'심봤다! 준성이가 나를 실망시킬 애가 아니지, 그럼!'

햇빛이 걷히고 먼지가 없어지며 문 앞에 발가벗겨진 이는…… 조그마한 꼬마였다. 최 코치는 혼란스러웠다.

"꼬, 꼬마야. 무슨 일로…… 날 찾아왔지?"

현종은 잇몸이 다 보이도록 웃으며 허리를 90도 굽혀 인사를 하고 최 코치를 바라봤다.

"안녕하세요? 저는 한성중에 다니고 있는 한현종이라고 합니다. 제 친구의 형이 이준성인데 코치님께 말씀드렸다고 해서 뵈

러 왔습니다."

최 코치는 느꼈다. 작은 거인이라는 말이 여기서 쓰이는구나. 작지만 당차고 야무진 현종이었다. 현종은 최 코치를 향해 걸어오면서 의도적으로 눈을 맞췄다. 어색한 분위기가 감돌았다. 첫 만남이라서 그럴 거라고 현종은 생각하면서 어깨를 힘주어 폈다. 최 코치는 속으로 생각했다. 만약 준성의 말대로 자신감도 없고 소심한 그런 놈이었다면 당장 나가라고 성질을 부렸을지도 모른다고.

그러나 현종은 두 눈을 동그랗게 뜨고 코치를 바라보는 눈빛이 강했고 큰소리까지 쳤다. 최 코치는 계속 이야기를 나눠 볼 작정이었다.

"그래, 네가 현종이란 말이지? 이쪽으로 와……. 오늘 하는 거 봐서 뽑을 거야, 알았지?"

최 코치가 말하자 현종은 스승의 고막이 뚫리도록 커다란 목소리로 '네'를 내뱉었다. 운동장으로 자리를 옮겨 최 코치가 호루라기를 불었고 아이들이 집합했다. 아이들은 3학년부터 1학년까지 다양한 연령이 분포했고, 각자 다른 외모를 가졌다. 단, 한 가지 공통점이 있다면 그들 모두가 건장했다는 것이다. 중학생의 몸이라고는 절대 믿어지지 않을 만큼 체격이 좋은 학생들도 있었다. 떠드는 아이들을 진정시키고 코치는 현종을 소개했다. 한성중에 재학 중이고, 이준성 선배가 추천했다는 것, 야구를 무척 좋아한다는 것. 이준성 선배의 추천이라는 말에 주위 분위기가 술렁거렸다.

"왜? 굳이 왜 쟤지?"

"체격이 왜소하지만 숨겨져 있는 능력이 있을 것 같아. 아니면 그 선배가 추천했을 리가 있겠냐."

"막 투시 같은 거?"

아이들이 낄낄대며 웃었다. 그러나 곧 코치의 진지한 얼굴 표정을 보고 입을 다물었다. 최 코치가 말을 이었다.

"여러분도 알겠지만, 현종은 야구에 적합한 체격은 아니다. 이건 어디까지나 '아직' 아닌 거다. 준성이가 현종이의 가능성을 보았고 나는 그를 믿는다. 하지만 현종이는 아직 나의 신뢰를 얻지 못했다. 만난 지 몇 분조차 되지 않았기 때문이다. 그래서 오늘, 현종이에게 너희와 함께 경기를 시킬 것이다. 그리고 하는 것을 지켜봐서 합류를 결정할 생각이다. 이상. 끝."

팀 내에서 웅성거림이 컸다.

민재가 일어나며 말했다.

"코치님, 그건 너무 심한 것 아닙니까. 합류라니요. 저희 팀의 명예를 깎아내리는 행위입니다."

"그래, 규칙은 규칙이지. 하지만 너희들 중에도 선배의 추천으로 중간에 합류한 친구들이 있을 텐데? 이것에 대해서는 어떻게 생각하나?"

민재는 어깨를 들어 올리며 두 손을 활짝 벌려 이해할 수 없다는 표현을 확실히 했다. 최 코치는 잠자코 듣고 있었다.

"하지만 기철이와 현진이가 추천받았을 때 저 정도는 아니었습니다. 걔들은 치는 힘이라도 있었죠. 얘는 특별한 게 뭡니까?"

"맞아요? 작은 것도 능력입니까?"

"능력이지. 크크. 태그하기 어렵잖아."

최 코치가 웃었다. 그러다 웃음기를 얼굴에서 지우고 말했다.

"준성이 말로는 열정이 얼마나 대단한지 점심시간에 밥도 굶고 운동을 한다고 한다! 심지어 이름도 바꿨고 말이야."

"그게 무슨 능력입니까? 그게 뭐가 특별합니까?"

코치는 '너희 말 다 알아듣겠어.'라는 얼굴을 하고 눈을 감았다. 그리고 조용히 하라고 소리쳤다. 한순간 운동장이 정적에 휩싸였다. 코치는 심호흡을 한 후 제안을 했다. 우선 기회를 줘보자고.

"내 말이 소용이 없군. 그렇지만, 예상했던 일이야. 자, 이제 너희 중 하나의 말을 들어 봐."

코치는 문드러져 지문도 보이지 않는 손가락으로 준규를 지목했다.

"저, 저요?"

"아까 무어라 했잖아. 열정이 있으면 잠재력이 보이고, 뭐 어쩌고저쩌고."

"아, 그렇죠. 맞다……."

"까먹었어? 아니면, 위선이었던 거야?"

결국, 주장인 준규는 자신의 말에 책임을 지기 위해 야구부원들을 설득하기로 했다. 한참 동안 설전을 벌인 끝에 야구부원들은 현종의 실력이 궁금하기도 한 동시에 기회를 주고 싶은 마음에 오늘 하루만 기회를 주기로 했다.

"그래, 부원들의 찬성으로 현종, 너는 오늘 하루 동안 기회를 얻게 되었어. 행운이 함께 하길. 그럼, 시작해 볼까?"

야구부원들의 반은 재밌어하는 표정이었고, 반은 불만에 찬 표정들이었다. 그들이 뒤섞인 채 소프트볼 경기가 시작되었다. 최 코치가 룰을 설명했다.

"다른 룰들은 야구와 똑같지만 작은 경기장과 덜 딱딱한 부드러운 공으로 한다. 알겠지?"

곧 팀은 랜덤으로 배치했고, 현종이 있는 팀에서 현종 자신이 투수를 맡겠다고 했다. 최 코치가 온갖 힘을 다해 그 조그마한 호루라기를 찾아 불었을 때, 그곳에 쌓인 먼지와 안에 든 구슬이 진동했고, 현종의 일생이 걸린 시험이 시작되었다.

1회 초는 현종이네 팀의 수비였다. 마운드에 선 현종은 엄청나게 긴장한 탓에 손을 소매에 닦아댔다. 공이 미끄러지지 않기 위해서는 습기가 차지 않는 것이 중요하기 때문이었다. 현종은 첫 타자를 보았다. 그는 하품을 하며 타석에 들어섰다. 현종은 한눈에 타자가 자신에게 큰 기대를 걸지 않았다는 것을 알아챘다. 그는 자신감이 넘치는 얼굴로 프로야구선수들을 따라하듯 방망이로 베이스를 쿡쿡 찔러댔다.

'기대를 그렇게 하시면 부응해줘야지.'

현종은 타자의 심리를 이용해 초구를 던졌다. 일부러 질이 낮은 볼을 선택했다. 현종이 예상했듯이, 타자는 '역시나 뭐 그렇지'의 표정을 지으며 비웃었다. 최 코치는 벌써부터 지루해졌다. 아니, 수준이 이것밖에 안 되나? 그래도 일단 지켜보기로 했다. 다음 볼은 변화구로 준비했다. 공이 휘어서 들어오자, 타자는 예상하지 못했다는 듯이 공을 바라보고만 있었다. 현종의 손에서 공 몇 개가 더 떠나고 투 스트라이크 스리볼이 되었다. 예상 외의 괜찮은 실력에 부원들의 시선이 모였다. 현종은 신경을 끄고 마지막 공을 준비했다. 그리고 열심히 머리를 굴렸다.

'이제까지는 스트라이크 존의 아래쪽에 위치하는 볼들을 던졌어. 지금 극도로 긴장한 상태이니까 위쪽으로 오는 볼에 당황할 거야. 싱커로 헛스윙을 유도해야겠어.'

현종은 집게손가락과 가운뎃손가락을 공에 얹고 등 뒤로 손을 숨겼다. 숨을 깊게 들이마시고 던질 수 있는 만큼 공을 세게 던졌다. 여기서 잠깐, 싱커에 대해 알아보자면, 싱커는 빠르게 날아오다 플레이트 근처에서 떨어지는 공이다. 현종은 동아리 선생님이 가르쳐준 대로 공을 잡고 던졌다. 적절한 선택과 완벽한 그립이었지만 한 가지 문제가 있었다. 충분히 빠르게 던지지 않았기 때문에 공은 느린 직구가 되었다. 몇 년간의 훈련을 받아왔던 터라 타자는 공을 쉽게 쳐냈고, 2루를 밟고 멈췄다.

"내가 뭐랬냐."

더그아웃의 선수들이 현종의 실력에 대해 떠들어 댔다.

"전략은 마음에 들었는데……, 아쉽네."

"아쉽다니? 너는 저 애랑 같이 경기하고 싶어?"

현종은 벌써부터 진이 빠졌다. 생각보다 쉽지는 않았다. 이렇게 더운 날씨에 이렇게 많은 상대 앞에서 잘 훈련된 타자를 대면하기 처음이었기 때문이다. 2번 타자는 체격이 꽤 작은 민재였다. 그의 체구는 현종과 비슷했지만 팔은 최 코치 못지않게 굵었다. 정말 2번 타자에 적합한 체격이었다. 민재는 현종의 눈을 맞추고 여유로운 말투로 말했다.

"빨리빨리 합시다! 빨리 끝내 드릴게요."

현종은 침착성을 잃지 않기 위해서 그들의 조롱과 비난에 귀를 닫았고, 행여나 듣더라도 대답하지 않았다. 민재의 말이라고 다를 건 없었다. 곧 그가 자리에 들어섰다. 다들 힘차게 응원을 했다.

"초구를 쳐서 빨리 끝내! 안타 쳐 버려!"

현종은 타자를 제대로 파악했다. 초구를 치려고 하는군. 그 마음을 역이용해서 스트라이크를 넣어야지. 투수는 지금 상황을 정리했다.

'좌타자인 민재가 초구를 노린다. 나는 이 상황을 이용해 스트라이크 존의 오른쪽 끝에 걸치는 슬라이더를 넣을 것이다.'

민재는 혀를 날름거리며 현종을 응시했다. 볼이든 스트라이크든 오는 공을 다 칠 것 같은 느낌이 들었다. 그래도 섣불리 판단하지는 말아야지. 마음을 가다듬고 팔을 머리 위로 올렸다. 있는 힘껏 던진 슬라이더가 포수를 향했다. 그러나 제구가 제대로 되지 않았다. 손의 움직임이 잘못된 듯했다. 힘을 세게 주느라고 기술을 제대로 써먹지 못한 것이었다. 현종은 초구를 볼로 남긴 채 공을 요청했다. 최 코치가 보지 못하자, 현종은 팔을 번쩍 들어 공을 요청했다.

"여기 공 주세요."

순간, 현종의 얼굴이 일그러졌다. 팔에 심한 통증이 왔다. 어깨를 움직여보니 무언가 매끄럽지 않음이 인지되었다. 오랜만에 어깨를 심하게 써서 그런 모양이었다. 그래도 타자에게 이걸 들킬 수 없지. 코치가 어깨를 바라보는 현종에게 무슨 문제가 있냐고 물었다.

"아니에요. 그냥 뭐가 묻어서 잠깐 봤는데…… 뭐, 별거 아니네요."

현종은 지친 어깨를 이끌고 타자를 향해 몸을 돌렸다. 민재는 무언가를 알고 있다는 듯 씩 웃었다. 투수가 타자에게 입모양으로 '왜요?' 하고 물었다. 그러나 타자는 의미심장한 웃음을 남길 뿐이었다.

현종이 공을 던지는 포즈를 취하자, 민재는 배트를 땅에 내려놓았다.

'저게 뭐하는 플레이지?'

순간적으로 당황한 현종이 공을 손에서 떼지 못했다. 자연스레 보크, 즉 볼로 처리되고 주자는 3루로 이동했다. 민재는 계속 히죽거리기만 했다.

'집중하자, 집중!'

현종은 마음을 가다듬고 공을 던졌다. 또 볼이다. 자신에게 주문을 외웠다. 넌 할 수 있어. 지금이 얼마나 중요한 순간인데. 잘 해보자. 현종은 짧은 명상을 마치고 공을 던졌다. 또 볼이다.

'아까 어깨를 너무 무리했나? 으으…… 욱신거리네. 스리볼 노스트라이크. 다음은 무조건 스트라이크다. 그런데 어깨가 너무 아파서 공의 속도가 느릴 텐데, 어쩌지? 그래, 어깨에 무리가 덜 가는 변화구를 던지자.'

현종은 민재가 이번에도 무시하길 바랐다. 얇은 신음소리와 함께 공이 손을 떠났다. 그랬더니 민재가 방망이를 번쩍 드는 것이 아닌가?

"딱!"

경쾌한 소리와 함께 공이 날아갔다. 다른 때 같으면 날아가는 공이 꿈을 상징했겠지만, 이번만은 아니었다. 현종은 날아가는 공을 보고 입술을 깨물었다.

'민재가 날 역이용했구나. 섣불리 판단하지 말걸.'

민재는 1루를 밟고 더 힘을 내어 2루까지 갔다. 당연히 주자는 홈 플레이트를 밟고 점수를 냈다. 현종은 털썩 주저앉았다. 날씨는 봄 같지 않게 더웠고, 어깨는 욱신거렸으며, 벌써 점수가 나왔다. 최악이었다.

'이럴 때일수록 침착해야 해.'

현종은 정신을 바짝 차리려고 노력했다. 그와 동시에 '나는 이 정도밖에 되지 않는 것인가'라는 생각이 머릿속에서 맴돌았다. 우연이었을까 운명이었을까. 다행히 그 다음 타자의 공은 하늘 위로 솟았다.

"얼씨구! 포수가 잡겠구나!"

타자의 파울볼이 높게 떠 포수의 글러브에 안착했다. 그 '퍽' 하는 소리가 이보다 더 만족스러울 수는 없었다. 현종은 원아 웃이라도 잡아 다행이라고 생각했다. 아웃 한 개에 힘입어 4번 타자는 땅볼과 함께 마운드를 내려갔다. 현종을 기다리는 다음 타자는 몸집이 거대한 야구부원이었다. 다행히 우수한 전략으로, 가까스로 투스트라이크 투볼을 만들 수 있었다. 하지만 현종은 자신의 변화구가 엉망진창이라는 사실을 알았다. 간신히 뽑아낸 투스트라이크도 모두 파울볼의 업적이었다.

'어깨가 너무 아프고 힘들어……. 어쩔 수 없이 패스트볼로 승부해야지.'

현종은 스트라이크 존의 살짝 아래를 겨냥했다. 이렇게 하면 타자에게는 공을 아래로 던질 것처럼 보이지만, 실제로는 그보다 살짝 위로 들어온다.

'딱!'

방망이를 빗겨간 공은 유격수의 손을 거쳐 1루수의 손으로 들어왔고, 공을 잡은 1루수는 다른 사람의 손을 거친 중고물

품이 자신에게 와 기분이 좋았다. 실실 웃으며 홈으로 뛰던 민재는 마치 생강을 씹은 얼굴을 하며 더그아웃으로 돌아갔다. 마운드에서 내려오는 현종의 표정을 포착한 성준이 걱정하며 물었다.

"야! 너 괜찮은 거 맞아? 들어가서 쉬어."

현종은 괜찮다고 했다. 그렇게 답한 이유는 두 가지가 있었다. 첫째, 코치를 포함한 다른 사람들에게 부족한 모습을 보이고 싶지 않았다. 몇 년 동안 함께할 사람들인데, 벌써부터 찍히면 안 되지 않은가? (그는 그가 야구부에 합류할 수 있다고 믿었다.) 둘째, 선수들의 수비하는 모습만 보더라도 각각 선수들의 성격을 파악할 수 있었다. 나서는지, 급한지, 조심스러운지. 현종은 그것에 기초해서 투구 전략들을 즉흥적으로 세웠다.

"선배님들이 하시는데 제가 어떻게 들어가 쉽니까. 그리고 하나도 안 힘들어요. 진짜로요. 저는 괜찮습니다."

현종은 상대편 투수를 보았다. 키가 크고 말랐다. 투수의 긴 팔에서 내리꽂히는 공들은 던지는 족족 스트라이크였다. 투수의 속도와 정확도는 현종의 것과 비할 것이 못됐다. 현종은 자존심에 흠집이 나 스스로를 위로했다.

'진영 선배가 그랬어. 너 자신을 믿으라고. 쟤가 잘하는 게 뭔 상관이야? 나만 잘하면 되지. 그리고 저 투수는 3학년이잖아. 나보다 1년이나 더 연습한 꼴이라고.'

상대 투수의 우수한 선방에 현종이네 팀은 아무런 점수도 얻지 못하고 1회를 끝냈다. 현종은 자리를 털고 일어나 기지개를 켰다. 다행히 1회보다 어깨의 통증은 덜했다. 마운드에 서자, 상대 타자가 더그아웃에서 걸어 나왔다. 훤칠한 키와 잘생긴 체형의 주인공은 다름 아닌 주장 준규였다. 현종은 빠른 직구로 준규를 맞이했다. 스트라이크 존의 가운데에 빠르게 꽂히는 공은 타자의 빨간 방망이에 맞고 굴절되었다. 파울. 현종은 어깨를 주무르며 다음 공을 준비했다. 빠른 공을 던지기 힘들어서 커브를 택했다. 준규는 커브를 충분히 칠 수 있었음에도 치지 않았다. 몇 개의 공을 더 던지고서야 현종은 그걸 알아챘다.

'준규는 오직 직구만 노리고 있군. 다른 볼을 칠 수 있음에도 치지 않아. 그러는 게 당연하지. 내 직구가 충분히 빠르지 않은 지금, 치기 쉬우니까.'

현종은 준규를 혼쭐내기로 마음먹었다. 그는 발을 몇 번 툭툭 털고 공을 잡았다. 일부러 준규에게 직구를 잡은 자신의 손을 슬쩍 보여줬다. 이걸 보고 대부분의 사람들은 이렇게 생각할 것이다.

'쟤가 직구를 던지는구나. 초보네, 타자에게 손을 보여주고 말이야.'

만약 당신도 그렇게 생각했다면, 당신은 현종의 덫에 걸려들었다. 준규도 다르지 않았다. 그는 현종을 보며 코웃음을 쳤다.

'흐흐……, 아마추어는 어쩔 수 없어. 둘째와 가운뎃손가락을 공에 올렸다. 전형적인 직구 그립 아니겠어. 내가 너를 박살을 내주겠어.'

준규는 직구를 치고 싶어 안달이 났는지 손가락을 까딱거리며 현종을 도발했다. 준규는 자신감이 넘치는 표정으로 배트를 어깨 위에 올렸다. 그리고는 몸을 꼬며 프로야구 선수 흉내를 냈다. 참 가관이었다. 현종은 차분하게 두 팔을 머리 위로 올렸다. 그는 글러브 뒤에 공과 손을 놓고 은근슬쩍 그립을 싱커로 바꿨다. 드디어 현종이 공을 던졌다. 직구가 오는 줄 알았던 준규는 방망이를 휘둘렀고, 공은 아래로 가라앉아 준규의 방망이를 가까스로 피했다. 그로 인한 기류가 모래를 들어 올려 안개를 형성했다. 그와 동시에 포수는 여유 있게 포구했다. 모래바람이 가라앉으면서 노출시킨 모습은 다리가 꼬여 넘어진 준규였다. 너무나도 힘을 세게 주고 스윙을 해 한 바퀴를 돌고 넘어진 것이었다. 현종은 기분이 너무 좋아 팔을 하늘에 찔러 댔다. 그는 생각했다.

'쭉 이대로만 가는 거야. 잘할 수 있어. 다른 타자들도 아웃시키자. 아자!'

하지만 생각과 다르게 몸은 지쳐만 갔다. 현종의 온몸이 땅에 끌리는 듯했다. 그래도 그는 정신력으로 경기를 이어갔다. 하지만 구속은 점점 낮아졌고, 제구는 더 실패했다. 현종이 던지는 공은 족족 타자의 방망이에 맞았다. 다행히 뛰어난 수비로 1점밖에 주지 않았다. 그렇게 2회가 지나고, 현종이네 팀이 공격할 차례가 되었다. 5번 타자가 자리에 들어섰고 상대편 투수는 포수와 연습을 했다. 모두들 햇빛의 열기에 힘입어 한껏 뜨거워질 때, 어딘가에서 호루라기 소리가 들려왔다. 그러자 야구부원들은 글러브를 빼고, 배트를 내려놓았다. 그들은 야구용품들을 노란색 바구니에 담았고, 당번이 바구니를 들어 창고에 갖다놓았다. 현종은 우왕좌왕했다.

'뭐지? 왜 갑자기 그만하는 거지?'

그는 일단 남들이 서는 대로 줄을 섰다. 현종은 옆에 있는 성준에게 물었다.

"무슨 일이야? 왜 갑자기 그만해?"

"우리가 처음 들어왔을 때 배운 거야. 호루라기 소리가 들리면 경기를 중단하고, 용품들을 정리해야 돼. 보통 누가 잘못된 행동을 하거나 특별한 행사가 있을 때만 들리는데……."

최 코치는 성준의 옆을 지나가며 말했다.

"설명 한번 잘하네. 그런데 오늘은 네가 말한 이유 중 어떤 것에도 해당되지 않는다. 오늘은 경기의 질이 너무 낮았다. 무의미한 경기를 하는 것보단 집에 가서 쉬는 게 낫기도 하지."

현종은 미간을 찌푸리며 말했다.

"코치님. 죄, 죄송한데…… 뭐라고요? 경기의 질이 낮아요? 저는 최선을 다해서 던졌는데요! 대체 무슨 말씀이세요?"

코치는 코웃음을 치며 답했다.

"지금까지의 경기만 봐도 너는 우리 야구부에 적합하지 않아. 집에 가서 친구들과 놀면서 하려무나. 너한테 야구는 취미로 하는 게 나아. 괜히 남의 시간 빼앗지 말고."

"도대체 제가 뭘 잘못했죠? 저는 열심히 던져서 저기 있는 주장도 삼진으로 아웃시켰다고요!"

"그래, 그렇게 나오면 내가 하나하나 얘기해줄게. 일단 너는 체력이 너무 약해. 타자를 몇 명밖에 상대하지 않았는데 벌써 지쳤잖아. 지금 2회밖에 안 됐는데 기절하려고 하고. 둘째, 던지는 힘이 너무 약해. 체력 문제와 겹치는 부분이 있지만, 더 중요한 것은 구속이 너무 느리단 말이야. 아까 1번 타자를 상대할 때 세운 전략은 매우 인상 깊었다. 근데 왜 실패한지 알아? 느린 변화구를 더 느리게 던지니까 점수를 갖다 바치는 거지. 그리고 제일 중요한 것. 너는 너무 늦었어. 사람들은 말하지. 늦었다고 생각할 때가 가장 빠른 때라고. 개뿔. 실제로는, 늦었다고 생각할 때는 이미 늦은 거다. 너는 중학교 2학년인데 기본적인 실력이나 힘도 없어. 오직 머리만 굴리잖아. 그럴 거면 학교 가서 공부해. 공부는 늦지 않았으니까."

현종은 손을 쥐었다 펴기를 반복했다. 이 상황을 믿을 수 없었다. 분명 열심히 했는데 억울했다.

"제발요! 더 잘할 수 있어요! 한 번만 더 기회를 주세요! 제발……."

코치는 현종이 성가시게 굴자 한 번 더 설명했다.

"방금은 최선을 다했다면서. 아니었어? 현종아, 진지하게 들어. 지금이라도 공부하면 후회하지 않을 거야. 나중에 나한테 고마워한다."

현종은 코치가 마음을 바꾸지 않을 것을 알고 포기했다. 나무 아래에 앉아 야구용품들을 정리하는 야구부원들을 보고 있었다. 그들은 땀을 흘리며 힘들어하지만, 현종은 그들이 부럽기만 했다. 자신도 야구부에 들어가서 저들과 함께 땀을 흘리고 싶었다. 허드렛일이라도 거들고 싶었다. 최 코치가 요지부동이니 어쩐다 생각하며 현종은 땅바닥에서 조그마한 자갈을 주어 코치를 향해 낮게 던졌다. 말하자면 소심한 시위였다. 그때, 성준이 다가왔다.

"현종아, 괜찮아?"

"어? 어. 사실은 괜찮지 않아. 코치님이 나에게 그런 말을 했다는 게 믿기지 않아. 분명 그분은 열정을 중시한다고 들었는데 말이지."

현종은 한숨을 쉬며 고개를 푹 숙였다. 어느새 운동장에 둘밖에 남지 않았다. 성준이가 현종의 등을 토닥였다. 그래도 힘내라고 얘기했다. '울지 마'라고 하면 울음이 나오는 법. 현종은 고개를 숙인 채 눈물을 보였다. 성준의 위로에 눈물이 핑 돌았다.

"현종아, 울지 마. 나도 네 마음 알아. 사실은 나도 너처럼 다른 선배님의 추천으로 늦게 들어왔거든."

현종은 눈을 휘둥그렇게 떴다.

"그런데 왜 난 안된다는 거야?"

"현종아, 나한테 좋은 생각이 있거든. 내가 도와줄게"

성준은 현종에게 자신의 계획을 얘기해줬다.

"뭐? 매일 이 시간에 여기에 오라고? 와서 뭐하는데?"

"일단 들어봐. 매일 와서 우리가 경기하는 걸 보는 거야. 묵묵히 보면서 네 마음도 표현하고 우리가 하는 것을 보고 배울 수도 있잖아. 코치님도 네가 그렇게 노력하는 걸 보면 노력이 가상해서라도 뽑아주실지 몰라. 어때?"

현종은 성준의 계획이 마음에 들었다. 오랫동안 참고 견디는 건 자신 있기 때문이다. 현종은 내일 이 시간에 오기로 성준과 약속하고 고맙다는 말을 했다.

현종이 집에 도착하자, 밥을 차려놓고 기다리던 엄마는 덕경중 일이 어땠냐고 물었다. 현종은 대답하기 싫어 피곤하다고 얼버무린 후, 입을 꼭 다물어버렸다. 조금 있다가 현종은 밥을 먹으러 나왔다. 덕경중 최 코치의 말이 계속 생각나 밥이 목구멍으로 잘 넘어가지 않았다. 겨우 몇 숟가락을 깨작거리다가 밥의 반 이상을 남기고 방에 들어갔다.

현종은 혼자 생각했다.

'매일 학교 끝나고 동아리에 와서 옆에서 연습하라고? 너무 무모한 것 같기도 하지만……, 다른 방법이 없으니까. 나를 도

와주는 사람이 있다는 것만으로도 고마워해야지.'

　다음 날, 학교가 끝나고 현종은 덕경중으로 향했다. 학교에
도착하니 벌써 야구부 훈련이 한창이었다. 현종은 정문을 지나
운동장 가장자리의 고목 아래 벤치에 앉았다. 코치가 현종을
등지고 야구부원들에게 강의를 하고 있는 동안 성준과 현종은
서로 눈짓을 하며 신호를 보냈다. 어제 현종에게 꼴좋게 삼진
을 당한 준규가 최 코치에게 알리려고 헛기침을 했다.

　"뭐야? 왜 그래?"

　최 코치는 등 돌려 현종을 바라보았다. 현종은 코치를 향해
몸을 굽혀 인사했다.

　"야! 뭐야? 네가 여기 왜 왔어? 내가 어제 분명 안 받는다고
말했을 텐데?"

　최 코치는 큰 소리로 말했다.

"죄송합니다. 제가 오라고 했어요."

뒷줄에서 성준이 소심하게 손을 들고는 고개를 숙였다.

"쟤 왜 데리고 왔어? 너 야구부 그만두고 싶어?"

최 코치는 야단을 쳤다. 성준이 대꾸를 못 하자 현종이 나섰다.

"성준이 잘못이 없습니다. 제가 와서 보기만 한다고 했어요. 그리고 성준이를 내쫓는다고 제가 떠날 것도 아닙니다. 그렇게 되면 유망한 선수 한 명을 이유 없이 잃는 꼴이겠죠."

"그래? 그럼 구경만 하는 거다!"

최 코치는 두고 보겠다는 심사였다.

경기가 시작되자 현종도 덩달아 그들과 하나가 되어 경기를 관람했다. 그러다 더그아웃으로 들어가 응원하기 시작했다.

"야! 더 오른쪽으로 움직여!"

유격수에게 소리치던 최 코치가 현종을 보고 말했다.

"여기서 뭐 하냐? 여기 더그아웃이야. 빨리 나가."

현종은 뒤로 물러났다. 그러다 경기가 끝나고 정리 운동을 할 때 슬쩍 옆에서 선수들이 하는 것을 따라 했다. 최 코치는 계속 지켜보고 있다가 현종을 불렀다.

"너 왜 그러는 거야? 이런다고 내가 너를 넣어줄 것 같아? 꿈 깨라!"

"보는 것도 안되나요? 저는 단지 경기를 보며 배우고 싶을 뿐이에요. 배우고 싶은 게 죄인가요? 저는 다른 의도가 없어요.

그러니 코치님이 좀 봐주세요."

현종의 속마음은 다른 의도를 가지고 있었다. 머릿속에서 속담 하나가 떠올랐다. 열 번 찍어 안 넘어가는 코치가 어디 있을까. 최 코치 또한 현종을 밀어내고 싶었지만, 자신이 나쁜 사람이 되는 것 같아 그만두었다.

"그래, 네가 좋을 대로 해. 그러나 야구부에 개입도 하지 마. 만약 야구부와 엮이면 덕경중 정문 앞을 지나지도 못할 줄 알아라!"

현종은 여유롭게 고개를 끄덕였다. 밖으로 나오자, 성준이 기다리고 있었다.

"그래서, 뭐라셔?"

"처음엔 관심을 가지는 것 같더니, 지금 보니 나를 받아줄 마음이 아예 없는 것 같은데⋯⋯. 어차피 안 될 거면 지금 그만둘까 싶기도 하고."

현종은 성준의 반응을 보기 위해 속마음을 숨겼다.

"너는 코치님을 잘 모르는구나. 매일매일 와서 경기를 보고 연습을 해. 코치님이 보지 않더라도 열심히 따라 해. 언젠가는 널 알아주실 거야. 날 한 번 믿고 그렇게 해보란 말이야."

현종은 자신을 믿어주는 성준이가 고마웠다. 사실, 오늘만 해도 유익한 시간이었다. 프로 선수가 아닌 또래의 경기를 보니 흐름을 파악하는 것이 더 유용했다. 현종은 성준에게 내일도 오기로 약속하고 집으로 향했다.

　그 후 몇 달간, 현종은 자신의 중학교에 가는 만큼 덕경중에도 들렀다. 거의 매일이었다. 처음에는 아무도 관심을 가지지 않았다. 최 코치가 미리 손을 써둔 건지, 아니면 정말로 현종의 존재를 잊었는지, 야구부원들은 눈길도 주지 않았다. 모멸감이 들었지만 그래도 참았다. 현종은 진영의 말들이 생각났다.

　"너 자신을 믿어. 그럼 남들이 너를 믿기 시작할 거야."

　현종은 진영의 말에 믿음을 가지면서도 한편으로는 말도 안 된다고 생각했다. 그러면서도 묵묵히 벽에 공을 세게 던지는 연습을 했다. 어느 날, 야구부원 중 한 명이 와서 말을 걸고 관심을 갖자 진영의 말대로 될지도 모르겠다고 기대했다. 현종의 열정에 감명을 받은 야구부원은 투수의 포지션을 맡고 있는 영철이었다.

　"네가 열심히 하는 모습이 정말 보기가 좋네. 내가 도와줄까?"

　영철은 현종에게 투수의 전략들에 대해 알려주었다. 그뿐만 아니라, 구속을 증가시킬 수 있는 방법과 경험으로 얻어 낸 팁들을 전수했다. 현종은 영철과 가까워졌다. 영철이 수비를 마치고 더그아웃으로 돌아오면, 그 회에 대해 분석하며 현종과 열띤 대화를 나눴다. 최 코치는 둘을 멀찌감치 서서 지켜봤다.

　"먹혔어! 먹혔다고! 나 영철 선배님이랑 진짜 친해졌어! 너도 봤지?"

현종은 너무나도 기쁜 나머지 성준을 부둥켜안았다. 야구부에서 새로운 친구를 만든 것이 무척이나 기뻤다. 그런 현종을 성준은 격려했다.

"야구부원들과 원만한 관계를 유지하는 건 중요해. 네가 자연스럽게 야구부의 일부가 되는 거지. 친구들도 얻고. 내가 들었는데, 프로야구에서는 인맥이 되게 중시된대. 이 중 얼마나 많은 애들이 야구 선수가 될지는 모르겠지만, 많을수록 좋지."

기말고사를 앞두고 유감스럽게도 현종은 며칠 동안 야구부에 나올 수 없었다. 담임선생님이 학생들에게 매우 열정적인 분이기 때문이었다. 학생 중 어느 누구도 포기하지 않을 정도였다. 만약 현종이 태권도부나 검도부 같은 학교의 공식적인 운동부의 일원이었다면 담임은 아마 어느 정도는 고려해주지 않았을까. 그러나 선생님의 눈으로 바라본 현종은 공부를 하지 않는 학생일 뿐이었다.

"오늘 집에 늦게 들어간다고 미리 부모님께 말씀드리도록. 전화만 하고 전화기를 반납해라."

다들 부모님께 상황을 전하는 동안, 현종은 코치에게 전화를 걸었다.

"여보세요."

"코치님, 저 오늘 학교에서 일이 있어서 못 갈 것 같아요."

"그래, 알겠다. 근데 잠깐……, 우리 야구부도 아닌데 뭐 어쩌라고. 네가 오든 말든 뭔 상관이야."

현종은 전화를 끊고 입을 가리고 킥킥거렸다. 순간 코치님이 자신을 야구부의 일원으로 착각했다는 것이 너무나도 기뻤다. 매일 옆에 있다 보니 성준이의 말대로 자연스럽게 뭉치고 있었다. 담임선생님은 다 걷은 폰을 내려놓고 교탁 앞에 섰다. 6명의 학생들이 흩어져 앉아 있었다.

"너희도 알겠지만 너희가 우리 반에서 꼴찌 6명이다. 그리고 나는 누구도 뒤에 내버려두고 가지 않아. 뒤처진 아이들도 공부를 시키는 게 내 방식이다."

선생님은 벌써부터 졸음과 사투를 벌이는 학생을 깨우기 위해 가느다란 막대기로 교탁 옆을 탁 쳤다. 주위가 조용해지자 학생들에게 국어책을 꺼내라고 지시했다. 담임선생님이 국어 전공이므로 다른 선택의 여지가 없었다. 현종은 자신의 책을 꺼냈다. 표지에는 이름조차 쓰여 있지 않았다. 책 안을 살펴보자 새 책이라고 해도 믿을 정도로 깨끗했다. 현종은 자신조차 놀랐다. 다른 책들은 낙서로 채워져 있지만, 이것은 예외였다. 국어 시간이 재미있었나? 아니면, 낙서할 새도 없이 잠에 빠져들었었나?

"자, 책 123쪽을 펴."

수업이 시작되자 담임에게 주목을 한눈에 받고 있는 현종은 딴생각이나 허튼짓을 할 겨를이 없었다. 사람 수가 적어 금방 걸리기 때문이었다.

'기사에는 육하원칙이 들어가야 한다고……, 쉬운데?'

선생님은 개념을 몇 번 알려주더니 문제풀이로 넘어갔다. 그 문제들 중 학생들에게 흥미를 주기 위한 스토리텔링 형식이 많았다. 현종도 각각에 엮인 이야기들을 자신도 모르게 읽고 있었다.

"자, 다음 문제는 종우가 일어나서 설명해 볼까?"

종우가 아무 말도 못 하고 있자 담임은 다른 아이를 지명했다. 그러다 대부분 아이들이 일어나서도 책만 멀뚱멀뚱 쳐다볼 뿐이었다. 담임은 포기하지 않았고 이번에는 현종에게 기대를 걸었다.

"그럼, 현종아. 네가 설명해 볼래?"

현종은 피곤한 눈을 이끌고 일어났다. 문제가 쓰여 있는 페이지를 보았다. 매우 관심이 가는 내용이 들어 있었다. 다름 아닌 야구였다.

'다섯 명의 친구가 야구 기사를 쓴다고 할 때, 다음 중 바르게 쓴 사람은?'

에이, 간단한 국어 문제네. '1번'은 자신이 좋아하는 팀이 돋보이게 조작을 했고, '2번'은 확인되지 않은 정보를 기사에 사용하였다. 답은 '5번.' 확인된 사실을 육하원칙을 통해 잘 풀었다.

"5번이에요!"

현종은 외쳤다.

선생님은 스토리텔링 기법의 잠재력을 믿었다. 비록 많은 사람들의 비판을 받아왔지만, 현종에게는 먹히고 있었다. 현종은 생각했다.

'국어도 재미있네? 야구 칼럼 읽듯이 하면 되잖아. 야구보다야 못하겠지만, 꽤 재밌겠네.'

"아주 잘했어! 현종이는 기사도 잘 쓰겠는데?"

정신없이 2교시가 지나가고, 방과 후 수업까지 끝났다. 친구들이 집에 갈 동안 현종은 교무실로 향하는 선생님을 따라갔다. 현종은 교무실에서 모처럼 담임선생님과 상담을 했다.

"오늘 수업 잘 들던데! 문제도 잘 풀고. 이렇게 공부해서 좋은 고등학교 가야지. 드디어 정신을 차리기로 한 거냐? 왜? 무슨 할 말 있니?"

현종은 어렵게 입을 열었다.

"선생님, 저 다음부터 방과 후에 참여하지 못할 것 같아요."

"왜?"

"학교 끝나고 덕경중에서 야구부 활동을 하는데, 이거랑 시간이 겹치거든요."

선생님은 어이가 없었다. 시험 기간인데 방과 후 수업을 빠지고 가는 곳이 야구부라고? 학원도 아니고?

"현종아, 정신 차려. 지금 시험 기간이잖아. 공부해야지. 고등학교 안 갈 거야? 야구는 취미니까 나중에 하고 지금은 공부하자. 내가 도와줄게. 그리고 커서는 공부로 먹고살 거잖아.

야구가 아니라, 안 그래?"

현종은 미간을 확 좁히며 답했다.

"네? 저 야구선수가 될 건데요? 야구를 취미로밖에 가질 수 없나요?"

선생님은 또 한 번 웃으며 언성을 높였다.

"야, 현종아. 아무 말이나 하지 말고. 그런 변명이 먹힐 거라 생각해? 방과 후 수업을 빠진다고 해서 안 된다고 했더니 갑자기 야구 선수를 하겠대. 이게 말이 돼? 장난이지?"

현종은 아무 말도 못한 채 교무실을 나가버렸다. 현종은 몹시 기분이 상했다. 왜 모두가 내 꿈에 대해 회의적이지? 코치님도, 선생님도, 심지어 엄마도. 다들 내가 못할 것이라 생각하잖아. 하지만 현종은 진영의 말을 머릿속에 떠올렸다.

'아무도 날 믿지 않아도 내가 내 자신을 믿으면 돼. 선생님, 코치님, 부모님이 나를 믿지 않아도 아랑곳하지 않고 나 자신을 믿어야 해.'


방과 후 수업이 끝나고 집에 가니 엄마가 와 있었다. 오늘은 직장이 일찍 끝난 모양이었다.

"현종아, 선생님한테 전화가 왔어. 네가 방과 후 수업을 안 듣는다고 했다며? 현종아, 네가 야구를 취미로 한다고 했지? 그럼 시험공부는 해야지. 그리고 선생님이 직접 가르치시겠다는데, 정말 안 갈 거야? 시험 볼 때까지만 참자."

현종은 엄마의 부탁에 어쩔 수 없이 고개를 끄덕였다.

"시험 볼 때까지만!"

엄마는 현종에게 시험 볼 때까지만, 공부를 하라고 애원했다. 야구를 취미로만 여기는 아이치고는 야구가 생활에서 너무나도 큰 부분을 차지했다. 엄마는 현종의 고등학교 진학에 대해 걱정했다. 공부를 어느 정도 하는 곳으로 가야 하는데…….엄마는 갈등했다. 현종이 공부를 잘해 인문계 고등학교로 갔으면 하는 바람과 저렇게 좋아하는 야구를 했으면 하는 마음이 충돌했다.

일주일간의 공백 기간이 지나고, 현종의 발걸음은 다시 덕경중으로 향했다. 이 나무들, 이 냄새, 그리고 야구부의 함성 소리. 현종은 덕경중의 운동장이 자신이 있어야 하는 곳임을 깨달았다. 운동장으로 들어서자, 꽤 많은 야구부원들이 현종을 반겼다.

"야, 모범생, 시험은 잘 봤냐?"

현종의 친구 성준이 물었다.

"나 공부 잘하는 거 알면서 그래. 당연히 1등이지."

현종은 웃으며 대답했다.

"뒤에서 1등이겠지."

뒤에 있던 준규가 비웃었지만, 현종은 신경 쓰지 않았다.

현종은 나무 아래의 벤치로 향하다 최 코치와 눈이 마주쳤다. 반가워하는 것도 같고 아닌 것도 같은 알 수 없는 최 코치의 표정을 보며 현종은 인사를 했다.

'정말 좋다.'

나무에서 떨어지는 잎들과 열정의 땀방울들이 스며든 고무의 냄새를 맡으며 현종은 그날 저녁을 보냈다. 몇 시간 후, 모두가 열정적으로 참여한 경기가 끝나고, 야구부원들은 모두 기진맥진한 채로 더그아웃의 의자에 누웠다. 곧 코치가 글러브를 바구니에 넣으라고 말했다. 모두들 일어나기 힘든 얼굴인데도 불구하고 몸을 일으켜 용품들을 정리했다. 그러나 아무도 글러브가 모인 바구니를 가져다 놓으려고 하지 않았다. 서로 미루고 있는 게 느껴졌다. 이럴 때 선심을 쓴다면, 하고 현종은 생각했다. 물론 현종은 경기에 참여하지 않았지만, 경기에 참여한 누구도 바구니를 옮기려 하지 않았기 때문에 현종이 도와줄 수도 있었다. 다들 서로 눈치를 보고 있었을 때, 바구니는 이미 현종의 손에 있었다. 아무도 시키지 않았는데 자발적으로 나선 것이다. 다들 '생각보다 마음에 드는데?'하는 표정이었다. 처음에는 현종을 마음에 들지 않았던 야구부원들까지도.

"안녕히 계십시오!"

집이 꽤 먼 현종은 해가 지기 전에 덕경중을 나섰다. 그러자 야구부원들은 속마음을 터놓기 시작했다. 모두들 눈썹을 까딱거리며 현종을 칭찬했다. 성준은 생각했다.

'사람 마음이 이렇게나 빨리 바뀌다니……. 현종이의 열정이 드디어 먹힌 거야.'

다음 날, 누군가가 코치실의 문을 두드렸다. 야구부 훈련 경기 기록들을 보던 최 코치는 파일 철을 덮고 문을 열었다. 그의 앞에는 야구부원들 대부분이 와 있었다. 최 코치는 당황한 듯 웃옷을 입고 시계를 봤다.

"아직 훈련 시간이 남았는데, 무슨 일이지?"

주장인 준규가 나섰다.

"저희 야구부원들은 현종이를 합류시키는 것을 강력히 지지합니다. 현종이는 지난 몇 달간 꾸준한 노력과 무한한 열정으로 저희 모두를 놀라게 했습니다. 코치님! 부디 현종이를 야구부의 일원으로 받아주십시오."

최 코치는 이 모든 걸 예상하고 있었다. 최근 현종의 성실함이 야구부원들의 입에 자주 오르내렸기 때문이었다. 그는 부원들 사이에서 열정과 성실의 아이콘이 되었고, 특히 3학년들에게 인기가 많았다. 최 코치 역시 현종이 마음에 들었다. 그동안 일이 돌아가는 상황을 파악하고 있었고 야구부원들끼리의 행동이 있으리란 것도 짐작했다. 특히 현종의 성실함을 높이 평가했다. 그 보상으로 합류를 제안하려 했지만 지금 이런 순간을 기대하며 기다리기로 한 것이었다.

"대신 이 결정은 너희들 책임이다! 알겠지?"

"넵!"

최 코치가 수긍하자 다들 좋아서 함성을 질렀다. 최 코치의 동의와 함께 현종의 합류는 거의 확정되었고 덕경중의 마지막 교시를 알리는 종이 울렸다.

종례를 마치자마자 아이들이 뛰어 나가려 하자 담임은 모두를 멈춰 세웠다. 아이들은 아쉬워하며 무슨 일일까 궁금해했다. 담임은 종이 한 장을 손에 들고 외쳤다.

"객관식 문제 결과 나왔다!"

(중학교의 성적 공개 방식은 다음과 같다. 먼저 점수가 인쇄된 꼬리표를 통해 객관식 점수를 알려주고, 며칠 후 주관식을 포함한 성적을 알려준다.)

학생들의 반응은 두 부류로 나뉘었다. 한 부류는 '내신형' 그룹이었다. 그 그룹은 성적에 매우 민감했는데 꼬리표를 먼저 달라고 했다. 현종이 포함된 그룹은 '모르쇠-형'이었다. 그들은 성적에 관심도 없고, 당연히 기대도 하지 않았다. 꼬리표는 보지 않고 버리는게 태반이었다. 담임이 한현종을 불렀다.

"이번에 국어 공부 좀 한 모양인데? 꽤 잘 봤어!"

현종의 국어 객관식 점수는 85점 만점에 63점이었다. 물론 공부를 잘하는 민우에 갖다 댈 성적은 아니었지만, 현종의 과거 점수에 비하면 엄청난 발전이었다. 현종은 꼬리표를 받고, 국어를 제외한 부분을 잘라 바닥에 버렸다. '63.00'이라고 쓰여 있는 현종의 자랑스러운 성적은 필통 속에 들어갔다. 현종은 기분이 좋아졌다. 콧노래를 부르며 향한 곳은 다름 아닌 덕경중이었다. 그런데 정문으로 향하는 경사로를 오를 때, 이상한 낌새를 느꼈다.

'왜 아무 소리도 안 나지? 팔 벌려 뛰기 구령이 들릴 텐데?'

궁금해진 현종은 경사로를 뛰어 올라갔다. 거기서 맞이한 것은 두 줄로 서 있는 야구부원들이었다. 그 두 줄의 끝에는 최 코치가 서 있었다. 입단을 축하하기 위해 만들어진 자리임을 눈치채지 못한 현종의 눈에는 혼란 그 자체였다. 그렇지만 코치 앞에 똑바로 섰다.

"한성중학교 2학년 3반 한현종, 덕경중 야구부에 합류하게 된 것을 축하한다."

코치가 웃으며 말했다.

야구부원들은 함성을 지르며 박수를 쳤다. 감사합니다, 정말 감사합니다, 이렇게 말을 해야 할 것 같은데 현종의 입에서는 아무 말도 나오지 않았다. 몇 달간 현종의 노력들이 헛수고가 아니어서 다행이라는 생각뿐이었다.

"그런데……, 아쉽게도 너는 공식적인 야구부원은 아니야. 다른 학교 학생은 야구부에 들어올 수 없거든. 하지만 우리가 너를 야구부로 인정해줄 거야. 같이 훈련하도록 하고. 어차피 네가 원하는 건 훈련 아니야?"

최 코치는 그 사실을 분명히 했다.

"네, 좋아요!"

현종은 같이 경기를 할 수 있다는 사실만으로도 기분이 좋았다. 최 코치는 이제까지 유심히 지켜봤다고 얘기하며 앞으로도 열심히 해 줄 것을 현종에게 당부했다. 그리고 야구부원들의 만장일치로 합류가 결정되었다고 귀띔을 해주었다. 현종은 생각했다.

'분명 나를 마음에 들어 하지 않는 선배님들도 있었는데 말이지. 친구들의 도움이 꽤 컸나 보네.'

현종은 성준과 눈을 맞추고 살짝 고개를 숙이며 고마움을 표했다. 그러자 성준이 곧게 편 엄지 두 개를 이쪽을 향해 보였다.

"여기는 샤워실이야. 그리고 여기는 공을 던지는 훈련을 하는 곳이고. 네가 특히 많이 오게 될 곳이지. 왜냐면 넌 경기의 플레이보다는 제구와 구속을 향상시키는데 초점을 맞춰야 하기 때문이야. 어느 정도 향상되면 경기에 내보낼 테니 연습이나 제대로 하라고."

현종은 누군가에게 자신의 기쁜 소식을 전하고 싶었다. 우선 단짝 규성에게 전화를 걸었다. 반대편에서 낯선 목소리가 들려왔다.

"여보세요?"

"누구세요?"

"저는 이규성의 형 이준성입니다. 규성이 폰을 제가 갖고 있는데요. 누구시죠?"

"안녕하세요? 형, 저 현종이에요. 그때 덕경중 야구부……."

"아, 아! 그때! 어쩐지 목소리가 낯익더라. 근데 왜?"

"형, 놀라지 말고 잘 들으세요. 저 드디어 야구부에 들어갔어요!"

"잠깐……. 면접은 본 지 몇 달 지났는데 왜 이제야 합류를 한 거야?"

준성은 축하한다고 하며 물었다.

현종은 준성에게 자초지종을 설명했다.

"네가 성공할 줄 알았어. 내가 규성한테 소식 전해줄게."

현종은 준성과의 대화를 마치고 엄마에게 기쁜 소식을 전하러 갔다.

'엄마가 얼마나 자랑스러워할까…….'

그러나 현종은 생각했다. 엄마가 기뻐하지 않을 거라고. 그래서 엄마에게는 말씀드리지 않는 것이 좋겠다고 생각했다.

'요즘 들어 엄마는 내가 야구하는 걸 그리 좋아하지 않는 것 같아. 오히려 싫어하는 것 같기도 해. 야구부에 들었다는 사실을 알게 되면, 어떤 반응을 보일지 모르니까 얘기를 안 하는 편이 나아. 몇 달이 지나고 야구부에서 나오고 싶어도 못 나올 때가 있을 거야. 그때 엄마께 말씀드려야겠어. 그러면 야구부를 그만두라고 하기가 좀 어려워지겠지.'

현종은 결국 엄마에게 야구부에 든 일을 비밀로 하기로 했다.

현종은 점심을 먹고 진로실로 달려갔다. 평소에 친한 진로담당 선생님께 야구부의 합류에 대해 말씀드리고 싶었다. 진로담당 선생님은 현종에게 많은 관심을 가지고 있었다. 처음에 현종이 야구를 좋아한다고 했을 때는 그러려니 하며 듣기만 하는 것 같았는데, 많은 노력을 하는 것을 알고는 큰 지지를 해줄 정도가 되었다. 안에는 먼저 와 있는 아이들이 있었다. 공부를 하지 않는 아이들도 진로시간을 좋아했다. 에어컨을 빵빵하게 틀어 매우 시원하고, 재미있는 영상들을 보여주시기 때문이었다.

"선생님! 저 드디어 덕경중 야구부에 합류하게 되었어요!"

현종은 광대뼈를 한껏 올리고 선생님께 자랑했다.

"오! 축하한다. 나는 언젠간 네가 들어갈 수 있겠다고 믿었다. 면접에서 떨어졌을 때, 포기하지 않고, 열심히 하는 모습을 보고 눈물이 났다니까."

선생님과 웃고 떠드는 동안, 수업종이 울리고, 진로 수업이 시작되었다. 모두가 자리에 앉아 영상물을 시청할 준비를 하고 있을 때, 선생님은 컴퓨터에 연결된 빔프로젝터를 껐다. 학생들이 술렁였다.

"선생님! 선생님께서 빔프로젝터를 켜신 게 아니라 끄셨는데요?"

"나도 안다. 오늘은 영상물을 시청하지 않을 거야. 오늘은 개인별로 진로 상담을 할 거야. 너희 모두와 상담할 시간이 없으니까 선착순으로 상담을 받을게. 나는 저기 방에 들어가 있을 테니 상담하고 싶은 사람은 문 앞에 줄을 서고 한 명씩 들어와. 그럼, 시작!"

몇몇 학생들이 팔을 책상에 올리고 잘 준비를 했다. 몇 명은 서로 눈치를 보고 있다. 순간, 공부를 잘하는 민우가 자리에서 일어났다. 그러자 진로에 관심 있는 아이들이 뒤를 이었다. 현종은 굳이 상담할 필요성을 느끼지 못했다. 꿈은 어차피 야구선수였기 때문이었다. 그래도 심심한 마음에 동참하기로 했다.

어디선가 들려오는 '밀지 마' 소리와 함께 수업 시간의 반이 지나가고, 현종의 차례가 되었다. 현종은 문을 두드리고 방으로 들어갔다. 선생님이 이면지와 펜을 들고 기다리고 있었다.

"그래, 우리 리틀 류현진이 뭐가 필요해서 왔을까?"

현종은 궁금한 게 많아졌다.

"야구선수가 되려면 야구부가 있는 고등학교에 꼭 가야 하나요? 그곳에 가려면 어떻게 해야 하죠? 뭐가 필요한가요?"

"잠깐만. 하나씩 짚어보자. 먼저 첫 번째 질문부터. 야구부가 있는 고등학교에 꼭 가야 하냐고? 그럼, 당연하지. 고등학교 야구부는 훨씬 체계적이고, 프로선수로 나갈 사람은 드래프트될 기회가 더 많지. 일반 고등학교는 방과 후 야구부 같은 게 없어. 그러니 야구선수가 꿈이라면 고등학교는 경동고같이 야구부가 있는 고교에 가야 돼. 아! 혹시나 모를까 봐 말해주는데 덕경중의 야구부 코치가 실력도 있고 잘 관리해준다고 하더

라. 그런데 운동부들은 좀 힘들 거야. 매를 맞거나 벌을 설 때가 많지. 야구부 얘길 들자하니 한 사람이 실책하면 팀 전체가 벌을 받는다고 한다더구나. 두 번째 질문. 어떻게 해야 되느냐고? 고등학교 야구부에 들어갈 학생은 일반 학생들과 따로 뽑아. 그래서 추천서가 필요하지. 너를 가르치던 선생님의 추천서 말이야."

현종은 다행이라고 생각했다. 자신을 인정해주는 선생님이 있지 않은가. 최 코치 말이다. 현종은 대수롭지 않게 고개를 끄덕였다.

"그런데 추천서는 같은 학교에 있는 선생님이 써줘야 되는 거 알지? 우리 학교에 다니는 네가 덕경중의 코치로부터 추천서를 받을 수는 없어. 추천서는 다녔던 학교에서 그 학생을 직접 가르친 교사만 쓸 수 있는 거야. 그러니 덕경중 코치한테 추천서를 받고 싶다면 그 학교로 전학 가는 수밖에 없어."

현종은 전학이라는 말에 당황했다.

"그, 그러니까, 야구 선수가 되려면 야구부가 있는 고교로 진학을 해야 하는데 자신을 가르친 선생님의 추천서가 필요하다는 거죠?"

"그렇지."

"그럼 어쩔 수 없는 거네요. 전학하는 수밖에. 아, 어떡하지?"

"저번에 엄마가 네가 야구 선수가 되는 걸 좋아하지 않는다

는 걸 느꼈다며? 현종아, 야구는 취미로 하고 일반 고등학교를
가는 건 어때? 꼭 야구를 해야겠어?"

"네. 전 꼭 야구 선수가 되고 말 거예요. 이젠 선생님께서도
그렇게 말씀하시네요. 저는 야구 선수가 될 거고, 아무래도 덕
경중으로 전학을 가야겠어요."

현종이 상담실에서 나오자 줄을 서 있는 아이들이 왜 이렇게
늦게 나오냐고 불만을 터트렸다. 현종은 시간 가는 줄도 몰랐
다고 미안하다고 했다. 집에 가서 엄마에게 전학 문제를 상의
할 생각을 하니 현종은 걱정이 앞섰다. 그리고 앞으로도 쭉 문
제가 많을 거라고 생각했다.


"삑, 삑, 삑, 삑, 띠링!"

현관문을 연 현종을 반긴 것은 맛있는 햄 냄새였다. 평소 같
으면 배가 고파서 달려갔을 텐데 지금은 그럴 기분이 아니었
다.

'만약 엄마가 전학을 반대하면, 내 야구선수의 꿈은 망한 거
잖아. 제발, 엄마가 허락해주시길 바라자. 만약 반대하신다면,
나는 내 꿈을 지키기 위해 싸울 거야.'

저녁을 준비하던 엄마가 현종을 반겼다.

"아들, 학교 잘 다녀왔어?"

현종은 억지로 웃음을 지었다. 방에 가서 가방을 내려놓고
거실의 소파에 풀썩 앉았다. 그런 현종을 보더니 엄마도 옆에

앉았다.

"왜 그래? 무슨 일 있었어?"

"아니요, 저 컨디션 좋은데요?"

엄마는 현종의 어깨를 한 번 쓰다듬고는 바닥에 묻은 먼지를 휴지로 닦아냈다.

'컨디션 좋기는……. 현종아, 너를 딱 보면 안다. 뭔가 있는 것 같지만, 네가 얘기할 때까지 기다릴게.'

현종은 두리번거리다가 테이블에 놓인 리모컨을 들었다. 그러고는 전원 버튼을 눌렀다. 기상 캐스터가 날씨 예보를 하고 있는 장면이 나왔다.

"현종아, TV 좀 보지 말지. 이제까지 야구하고 왔잖아."

엄마는 안방으로 향하며 현종에게 말했다. 알겠어요. 현종은 대답만 해놓고 계속 텔레비전을 켜 두었다. 그러다 스포츠 채널로 돌려 조금만 봐야겠다고 생각했다. 엄마가 알면 좋아하지 않을 거란 걸 알기 때문에 가슴이 조마조마했다. 다행히도 야구 중계를 보고 있는 동안 엄마는 나오지 않았다.

엄마는 안방 화장실에서 나오며 생각했다.

'현종이가 내 말을 듣고 TV를 껐을까? 그럴 리가 없지. 한창 중계 중일 텐데.'

엄마는 현종이가 야구 채널을 보고 있을 거라고 생각했지만, 그래도 한 가닥 희망의 끈을 놓고 싶지 않았다. 묘한 긴장감과 함께 엄마는 방문을 열었다. 아니나 다를까, 현종은 야구를 보고 있었다. 분명 그럴 거라고 생각했지만, 이상하게도 엄마는 실망했다. 왜일까? 부모는 자식을 포기하지 못하기 때문이다. '놀겠지'라고 생각을 하면서도 마음속 한구석으로는 놀지 않았으면 하는 바람이 담겨 있다. 그 한구석 때문에, 부모가 자식을 포기하지 못한다. 물론 저 나이 때는 뛰어놀길 좋아한다는 걸 엄마는 잘 알고 있다. 기왕이면 놀더라도 앞으로 살아갈 날들에 도움이 될 만한 것인지 아닌지 가려가며 방향을 잡길 바라는 것이다. 그건 내 아이가 나중에 잘 돼야 한다는 부모의 과욕이기도 하고 항상 별 탈이 없길 바라는 염려이기도 하다. 그런 엄마의 마음이 요리 속에 스며들고 있었다.

좋아하는 햄 굽는 냄새에 콩나물 무침의 고소한 참기름 냄새가 더해지자 현종은 배가 몹시 고프다는 것을 깨달았다.

"현종아, 밥 먹자. 빨리 와."

저녁상을 차려놓고 나서 엄마는 현종을 불렀다. 현종은 TV를 끄고 식탁으로 향했다. 모자는 따뜻한 눈빛 교환을 한 후 숟가락과 젓가락을 들었다. 현종은 '전학' 걱정에 기운 없는 목소리로 '잘 먹겠습니다.'라고 말한 뒤 콩자반을 집었다. 콩이 자꾸 젓가락 사이로 떨어졌다. 그러자 엄마는 접시를 현종 앞으로 밀어줬다. 현종은 엄마 얼굴을 살피며 밥알을 한 톨씩 집고 입에 넣었다. 어떻게 얘길 꺼내야 할지 막막해서 밥이 목으로 잘 넘어가지 않았다. 국을 뜨던 엄마가 현종을 보고 숟가락을 내려놓았다.

"정말로 왜 그러니, 현종아. 엄마한테 얘기해. 제발. 무슨 일이야?"

현종은 한숨을 내쉬며 머뭇거렸다.

"말씀드릴 게 있는데, 우선 화내지 않겠다고 약속해주세요."

"그럼, 당연하지. 누가 보면 매일 화내는 엄마인 줄 알겠다. 얘. 그래서 얘기하고자 하는 게 뭔데?"

"엄마, 항상 제 꿈을 지지한다고 하셨죠?"

엄마는 조심스럽게 그렇다고 답했다.

"아실지 모르겠지만, 제 진짜 꿈은 아직도 야구 선수예요. 제가 야구 선수가 되려면 경동고에 진학해야 하고, 그 학교에 진학하려면 중학교에서 추천서가 필요해요. 제가 말씀을 드리지 않았지만 저는 비공식적으로 덕경중 야구부이거든요. 그래서 제 추천서는 그 코치님이 써주셔야 해요."

엄마는 턱을 괴고 숨을 가다듬었다. 현실을 받아들이기 어려운 모양이었다.

"그래서?"

"저, 덕경중으로 전학시켜주세요."

무거운 침묵이 흘렀다. 현종은 눈치챌 수 있었다. 엄마의 정신 상태는 이미 금방이라도 무너질 것 같은 댐이란 걸. 곧 물난리라도 날 것만 같았다. 댐은 벽에 금이 가고 물이 조금씩 샜지만, 절대 무너진 적은 없었다. 어느 날 나비가 날아와 댐 위에 핀 연꽃 위에 앉았다. 그랬더니, '쾅!'하고 댐이 무너졌다.

이제까지 엄마는 잘 참아왔다. 현종이 늦은 밤까지 야구를 볼 때도, 평균 45점이라는 어처구니없는 성적표를 갖고 왔을 때도 엄마는 참았다. 그러다 오늘, 현종의 뜬금없는 제안에 폭발 직전이었다.

"현종아, 엄만 있지, 네가 야구하는 거 반대야. 야구 선수로 사는 삶 살지 않았으면 해. 너는 공부도 곧잘 했는데 요즘은 잘 안 하고 야구만 해서 엄마가 기분이 안 좋았어. 그래도 취미로 하겠다고 했으니, 믿고 기다리자고 마음먹고 참고 지냈어. 그런데 야구 선수를 하겠다니 그게 정말 네가 바라는 삶이야? 적어도 내가 응원할 만한 삶은 아닌 것 같아. 그래, 내가 너의 꿈 중요하다고 했었지. 하지만 솔직히 말하면, 난 야구 선수가 되겠다는 네 꿈 반대야. 야구선수를 하면 몸도 굉장히 힘들고 매번 다치고 할 텐데 그래서 엄마는 싫어. 그러니 전학도 반대고 다 반대야. 앞으론 방과 후에 덕경중 가는 것도 안돼."

현종의 머릿속에 갖가지 감정들이 교차했다. 미안한 마음도 들었지만, 그보다 더 슬펐고 화가 났다.

"엄마는 절 이해해주실 줄 알았어요. 엄마는 언제나 제 편이라고 믿었는데, 제 꿈이 싫다구요? 그럼, 지금까지 저한테 엄마가 했던 말들은 다 뭐예요? 엄마는 원래 그런 분이셨어요? 실망이에요. 엄마가 정말 싫어요!"

엄마는 꿀 먹은 벙어리 마냥 아무 말도 하지 못했다. 집에서 입던 옷차림 그대로 슬리퍼를 신고 나가는 엄마를 현종은 모른 척했다. 현관을 나서며 눈물이 왈칵 쏟아졌는지 엄마가 눈물을 닦는 뒷모습도 외면했다. 엄마는 그동안 묻어두었던 속마음을 갑자기 이야기한 것이 현종에게 큰 충격이었겠다고 생각하면서도, 사랑하는 현종에게서 그런 말을 듣고 마음을 추스르지 못했다. 아파트 밖으로 나가 정처 없이 걷다 보니, 자신이 현종의 유년기를 망친 것 같은 죄책감에 휩싸였다.

엄마가 나간 후, 현종은 바닥에 털썩 앉았다. 그의 앞에 먹다만 저녁이 식어가고 있었지만 먹고 싶지 않았다. 분노에 찬 채 방으로 들어갔다. 현종의 마음속은 너무나 복잡했다.

'왜 엄마는 나의 꿈을 반대하는 거지? 엄마의 얘기를 더 들어보고 싶어.'

엄마와 대화가 필요함을 알았지만, 현종은 엄마에게 더 이상 다가가고 싶지 않았다. 설득할 자신도 없었지만, 자존심이 허락하지 않았기 때문이다. 그래도 엄마이기 때문에 뭔가 얘기를 하고 싶었다.

'나가서 엄마를 찾아볼까? 어디로 가셨는지도 모르는데 엄마를 어떻게 찾지? 전화를 하는 것도 좋은 생각인 것 같아. 아, 말이 안 나올 것 같아. 휴대폰 문자 메시지는 어떨까? 아니야. 메시지를 바로 확인하지 않을 수 있어. ……. 잠깐, 아 그거야!'

현종은 좋은 생각이 났다는 듯이 서랍장을 뒤지기 시작했다. 몇 분 동안 서랍장을 뒤지던 그의 손에는 편지지와 연필이 들려있었다.

# 사랑하는 엄마에게

어머니께 죄송한 마음을 전하고 싶어 편지를 씁니다. 아까 제가 너무 심한 말을 해서 속상하셨죠? 제가 잠시 이성을 잃어 정말 못할 말들을 했습니다. 이 못난 아들을 용서해 주세요. 핑계가 될 수는 없겠지만, 엄마의 반응이 제 예상과 달라서 당황했거든요. 절 사랑하시는 엄마가 그렇게 반대하신 이유가 있었겠죠. 그래서 제 진로에 대해서 엄마와 진지하게 얘기를 나누고 싶어요. 엄마도 제 생각을 듣고, 저도 엄마의 생각을 들을 수 있으니까요.

이 기회를 빌려 다른 일들에 대해서도 사과드려요. 제가 중학교에 와서도 야구에 빠져 사는 것에 대해 속상해하시는 것 잘 알아요. 엄마의 마음을 아프게 하고 싶지 않은 아들이지만, 저는 야구가 너무 좋습니다.

제가 야구에 빠져서 걱정하신다는 사실을 알고, 그것에 대해 사과를 드리고 싶지만, 야구를 그만둔다는 말은 못 드리겠습니다. 저는 진지하게 야구선수를 꿈꾸고 있거든요. 어머니께서 제 꿈을 응원해주시면 안 될까요? 이제까지 항상 제 편이 되어주셨잖아요. 어머니, 제가 어머니께 심한 말을 해 마음을 아프게 한 것을 용서해주시고 제가 항상 사랑한다는 사실을 알아주세요.

엄마의 하나뿐인 노을, 아니 현종 올림

추신. 깜빡 잊고 말씀드리지 못했어요.
저 이번 기말 국어 점수가 70점 넘어요.
잘했죠? 담임선생님께도 칭찬받았어요.

현종은 슬리퍼를 신고 1층으로 내려갔다. 그리고 자신의 집 우편함에 아주 잘 보이도록 편지를 꽂았다. 혹시 다른 집의 우편함에 잘못 꽂지 않았는지 한 번 더 확인했다. 그런 일이 발생한다면 매우 부끄럽고 어색할 것이다. 현종은 엄마가 들어오면서 편지를 보기를 바라며 집으로 돌아왔다. 소파에 앉자마자 무의식적으로 TV를 켜고 스포츠 채널로 돌렸다.

'잘못을 저질렀으니, 벌도 받아야지.'

TV를 끈 현종은 한쪽 팔을 베개 삼아 누웠다. 그리고 옆에 있는 공을 잡아 위로 던졌다. 현종이 누워서 던진 공은 천장을 맞고 튕겨 현종의 배에 수직 낙하했다. 현종은 아플 겨를이 없었다. 현관문이 열리는 소리가 났기 때문이었다. 엄마가 집에 돌아왔다. 현종은 자리에서 일어나 엉거주춤 섰다.

"어, 어, 엄마! 혹시……"

"응. 봤어. 나의 하나뿐인 현종이가 쓴 거."

"엄마, 정말 미안해요. 제가 말이 너무 심했어요."

"아니야. 엄마가 더 미안해. 사실 내가 너에게 하지 못했던 말이 있어. 나는 처음부터 네가 야구 선수가 되지 않기를 바랐어. 네가 몸이 약하니까 야구를 하면서 건강해지라고 놔둔 거야. 그리고 나는 네가 야구를 좋아하는 건 알았지만, 야구선수를 아직도 꿈꾸고 있다는 것을 몰랐어. 네가 취미로만 하겠다고 했잖아. 근데 너는 야구선수가 될 아이처럼 야구에 빠져 지내고 있어. 아까도 이야기했던 것처럼 난 네가 그 무모하고 위험한 직업을 갖지 않았으면 했어. 그래서 보이는 현실을 믿기를 거부했어. 현종은 절대로 야구 선수가 꿈이 아니다. 그렇게 억지로 믿고 있었는데, 네가 확인사살을 한 셈이지. 그때 나는 정말 나 자신을 통제할 수가 없었단다. 네가 덕경중으로 전학 가서 경동고까지 가게 되면 너의 꿈은 더욱 확고해질 테니까. 현종아, 부모로서 사랑하는 아들의 꿈을 반대하기가 괴롭고 슬플 따름이야. 하지만 현종아, 난 네가 야구 선수가 되는 것을 반대해. 어쩔 수 없어. 정말 미안해."

현종은 세상이 무너지는 듯했다. 누구보다 엄마의 지지를 받지 못한다는 게 슬펐다. 눈에 물이 차오르고 숨이 가빠지고 진땀이 났다. 현종은 깨달았다. 끝이 없는 싸움이 시작되리라는 것을. 자신은 야구의 꿈을 놓지 않을 것이고, 엄마는 야구의 꿈을 지지하지 않으니.

"어쨌든"

엄마가 말했다.

"이제부터야. 네 꿈은."

현종은 당황했다.

"난 항상 야구선수의 길을 부정적으로 바라봤어. 네가 야구선수가 되는 과정에서 겪게 될 위험, 고통, 좌절에 대해서 생각했지. 그리고 그런 생각은 지금도 변함없어. 하지만 내가 깨달은 것이 있다면, 모든 것이 인식의 차이라는 거야. 나는 네가 야구선수를 꿈으로 갖는다는 사실을 잊으려고 노력할 거야. 잊을 거야. 스스로 장님이 된 후, 너의 꿈을 응원해줄 거야."

현종은 아직도 무슨 말인지 모르겠다는 눈으로 엄마를 쳐다
보았다.

"예를 들면, 절벽 위에 있는 우리를 생각해봐. 난 절벽으로
부터 몇 발짝 뒤에 서 있어. 그런데 넌 절벽 끝으로 향하고 있
어. 그리고 지금 내가 네 꿈을 지지한다면 그런 너를 그냥 놔
두는 꼴이지. 네가 야구선수가 되려고 노력하는 것은 절벽 끝
으로 다가가는 것과 같아. 그런 너를 바라보며 나는 '떨어질 것
같다, 말려야 해'와 같은 생각들만 하게 되지. 만약 너를 더 이
상 가지 못하게 한다면, 너는 네가 가고 싶었던 길을 가지 못한
것을 후회하며 날 원망할 거야."

현종은 고개를 끄덕였다.

"그래서 나는 네가 가는 곳이 절벽 끝이란 걸 보지 않을 거
야. 앞에 절벽이 있는지도 모르고 한 발짝 한 발짝 나아가다
보면 노력하는 시간 동안의 네 삶은 행복할 거야. 그런 너를 바
라보는 나도 행복하고. 하지만 절벽의 끝에 도달하면 후회와
자책감이 찾아오겠지. 나는 왜 너를 그대로 놔두었을까 자책할
테고. 지금이라도 다시 생각해봐. 현종아, 지금 네가 꿈꾸는
야구선수의 모습은 피땀 흘리는 야구선수 지망생들의 로망일
뿐이야. 그래도 네가 꿈을 이루기 위한 길로 들어서지 못한 것
에 대해 평생 슬퍼하면서 살 거라면, 나중에 후회해도 어떻게
든 그 길로 들어서는 편이 낫다고 생각한다면 넌 야구 선수가

되어야만 하는 거야. 결국, 난 야구선수가 된 네 모습을 현실로 받아들이겠지."

뭔가 복잡하지만 그제야 현종은 이해한다. 엄마는 계속 갈등했던 것이다. 아들의 꿈을 응원하고 싶지만, 그 꿈을 밀어주는 것이 현종을 위한 것이 아니라고 생각했기 때문이다.

"고마워요, 엄마. 엄마 마음 이해해요."

"고맙기는, 어쨌든 네 옆에 항상 있어줄게."

1년이 지나갔고 현종은 훈련과 고된 연습을 통해 늠름한 3학년이 되었다. 그리고 전학하고 나서 그럭저럭 학교생활을 하고 있던 터였다.

"여기 온지 벌써 1년 정도 됐네."

야구 훈련을 마치고 땀을 식히며 현종이 말했다.

"이 학교는 에어컨을 안 틀어 줘. 어떤 부분은 한성중이 낫다니까."

옆에 있던 1학년 야구부원이 물었다.

"근데, 형, 한성중에서 왜 전학 오기로 결정한 거예요?"

"응, 나는 경동고 야구부에 가고 싶은데, 그러려면 추천서가 필요해. 한성중엔 야구부가 없어서 추천서를 써 주실 분이 없었어. 그래서 전학 온 거지."

"부모님이 찬성하셨어요? 저는 야구부 들어올 때 부모님이 엄청 반대하셨거든요."

현종은 엄마의 말을 떠올렸다. 매우 철학적이고 감성적인 연설이었지만 딱히 반대도 찬성도 아니었다.

"찬성하셨다고 봐야지."

"저기, 선배님……. 근데 고등학교에서는 야구부원을 어떻게 뽑는 겁니까?"

옆에 있던 2학년이 물었다. 현종은 많은 선생님들로부터 들은 다양한 얘기를 종합해 설명해주었다.

"너를 가르치던 선생님이 추천서를 쓰면, 그 추천서가 해당 고등학교로 가. 그 문서에는 너의 활약상과 우수한 활동들이 담겨있어. 그 고등학교의 면접관들이 추천서를 보고 마음에 드는 학생들을 뽑아. 이게 '1차'에서 하는 거야."

야구 꿈나무들이 귀를 기울이며 듣고 있었다.

"그리고 만약 1차에서 통과한다면, 그 고등학교에 가서 직접 면접을 봐. 면접관들 앞에서 공을 던지거나 치겠지. 이게 '2차'야. 투수의 경우, 면접관들은 제구력과 구속에 신경을 쓴다고 해. 타자의 경우는 타격폼과 캐치볼 자세를 본다고 알고 있어."

현종이 자세하게 들려주자 모두들 고개를 끄덕였다. 어느새 최 코치가 와 있었다. "곧 추천서를 쓰는 기간이야."

최 코치는 3학년 야구부원들을 코치실로 불렀다. 그는 학생들에게 말했다.

"추천서를 쓰려면 실력을 봐야겠지? 나는 아무나 써주지 않아. 오직 최고인 자들만 추천을 해준다고. 그러니 3학년은 모두들 운동장으로 따라 나와."

코치는 학생들을 데리고 운동장에 나왔다. 모두 자신의 글러브를 끼도록 한 다음 규칙을 설명했다.

"내가 이 건물의 한쪽 벽을 등지고 앉을 거야. 현종의 경우, 내가 포수라고 생각하고 공을 던져. 너는 제구와 구속을 볼 거야. 그리고 나머지 다섯. 너희는 내가 따로 설명해줄게. 아! 너희 넷은 모두 경기 기록도 참고할 테니 알아두도록."

모두 알겠다는 표시로 고개를 끄덕였다. 후배 야구부원들이 더그아웃에 앉아 선배들의 오디션을 관람하였다. 그들은 팝콘이 절실하게 필요했다. 후배 야구부원들이 팝콘 대신 손톱을 뜯고 있을 때, 타자들의 오디션이 시작되었다. 처음 종목은 티볼 멀리치기였다. 가만히 있는 공을 멀리 치는 종목이었지만, 거리뿐만 아니라 타격자세에도 신경을 써야 했다. 두 번째 종목은 1, 2부로 나뉜 공 잡고 던지기였다. 코치가 공을 멀리 던지면, 그것을 주워 최대한 빨리 던지는 것이 1부였고, 높이 뜬 공을 잡는 것이 2부였다. 두 종목이 모두 끝나자, 결과를 발표했다.

"5명 모두 통과!"

야구부원 5명이 서로의 손을 잡고 빙글빙글 돌았다. 그들은 환호성을 질러댔다. 현종은 '나도 저렇게 되었으면'하는 생각과 함께 묵묵히 박수를 쳤다. 그다음은 현종이 기다리던 투수 부문이었다. 투수가 혼자뿐이고 보는 눈이 많아 더 긴장되었다.

성준이 스피드건을 들고 걸어 나왔다. 그가 자리를 잡자, 코치가 현종에게 던져도 된다는 신호를 주었다.

'후, 긴장하지 말고, 나 자신을 믿자.'

현종은 숨을 가다듬고 눈 깜짝할 사이에 공 10개를 모두 던졌다. 10개 중 7개가 스트라이크, 3개가 볼이었다. 구속은⋯⋯ 아쉽게도 빠르지 않았다. 코치는 결과를 발표했다.

"한현종⋯⋯ 통과!"

현종은 기쁜 마음에 글러브를 하늘 높이 던졌다. 너무나도 기뻤다. 현종은 생각했다. 뭐 별거 아닌데? 코치는 기뻐하는 현종이 참 대견스러웠다. 맨 처음 만났을 때를 기억해보라. 그는 작고 여린 꼬마였다. 하지만 지금의 현종은 늠름한 투수가 되었다. 그가 1년간 얼마나 발전했는지를 보면 놀라울 따름이었다. 코치는 생각했다.

'솔직히 걱정이 되기는 해. 그렇게 잘하는 건 아니거든. 예전의 그와 비교하면 정말 대단한 거지만, 그의 또래들과 붙여놓으면, 그냥 평균이야. 특히 구속에서 너무나도 떨어져.'

그렇지만 최 코치는 현종의 추천서 쓰는 것을 마다하지 않았다. 오히려 진심을 담아 열심히 썼다. 다음은 추천서의 일부이다.

'현종의 실력이 그다지 특별하지 않게 느껴질 수도 있음. 그러나 매우 열정적이며 성실하게 훈련에 임함. 이에 그의 능력은

빨리 배우고 발전하는 것임. 향후 큰 성장을 할 것으로 보임.'

코치는 현종의 잠재력을 보고 있었다. 더 큰 미래를 보고 있었던 것이다. 허나 경동고 면접관들이 어떻게 받아들일지가 의문이었다.

2달의 연습이 드디어 끝을 달려가고 있었다. 경동고 야구부의 면접은 8월 18일, 바로 내일이었다. 코치님이 추천서를 써준 그때부터, 현종은 야구 말고는 아무것도 하지 않았다. 60일 동안 정말 모든 것을 쏟아 부었다. 한번은 성준이 말했다.

"만약 안 되면 정말 후회될 것 같아. 그렇게 노력했는데."

"노력을 충분히 많이 한 걸 면접관들이 알아주길 바라야지."

현종은 침대에 누워 테니스공으로 천장의 모기를 맞추려 했다. 이렇게 해서라도 실력을 높이고 싶었다. 그는 위층에 사는 사람의 반응을 상상하며 웃었다. 층간소음을 신고하면 경비아저씨가 매우 당황할 것이다.

"여보세요? 경비실이죠? 1103호가 너무 시끄럽게 하는데요?"

"지금 전화하시는 분이 1003호인가요?"

"아니요, 1203호인데요……."

"네?"

층간소음의 새로운 개념을 창시한 것 같은 기분이 들었다.

면접 전날, 현종은 운동장에서 뛰기 전에 오랜 친구에게 전화를 걸기로 했다. 그는 한성중의 진로담당 선생님이었는데 현종이 전학 가던 날, 진로 고민이 있으면 전화를 걸라며 전화번호를 주었다. 현종은 메시지를 보냈다.

'지금 통화되세요?'

'누구?'

'선생님, 저 현종이에요. 한성중 2학년 3반. 진로담당 선생님이 고민 있으면 전화하라고 하셨잖아요.'

'!'

돌아온 것은 느낌표와 한 통의 전화였다.

"여보세요? 진짜 현종이니?"

"네, 선생님. 잘 지내세요?"

둘은 몇 분 동안 요즘 근황에 대해 얘기했다.

"언제 한번 찾아뵐게요."

"그래, 진로실이 후관 1층의 오른쪽 복도 끝으로 자리를 옮겼어. 시간 나면 찾아와. 그런데 진로는 어떻게 되었니?"

현종은 그때서야 전화한 용건을 깨달았다.

"선생님, 저 드디어 경동고 야구부 면접 봅니다. 그때 선생님이 없었다면 정말 큰일 날뻔했어요. 그때의 선생님 말씀들이 제 꿈을 이루는데 정말로 큰 도움이 되었어요. 다시 한 번 감사드려요."

"축하해! 야, 야구선수 다 됐네. 면접 붙으면, 내가 뭐라도 사줘야 하나? 술이라도 사줄까? 하하하!"

둘은 수다를 이어갔다.

현종은 전화를 끊고 시계를 보았다. 벌써 8시였다.

"에잇! 빨리 나가서 운동해야지."

현종은 옷을 챙겨 입고 어두워진 운동장으로 나섰다.


대망의 18일이 되고, 현종은 손의 땀을 체육복에 문지르며 가슴 졸이는 대기 시간을 보냈다. 그는 양옆의 후보자를 보았다. 한 명은 준규 선배 같이 마르고 빠른 스타일이었고, 한 명은 조금 통통해서 구속이 셀 것 같았다. 양옆을 쓱 훑다 한 명과 눈이 마주쳐 현종은 고개를 돌렸다. 순간, 면접 도우미가 강당 문을 열고 들어왔다.

"다음은…… 덕경중에서 온 한현종 나와 주세요."

현종은 떨리는 몸을 주체할 수가 없었다. 그는 과거로 돌아가 덕경중 면접을 보는 자신에게 '경동고 면접에 비하면, 이건 애들 장난이야.'라고 말해주고 싶었다. 운동장에 도착해보니 3명의 면접관이 책상에 앉아있었다. 현종은 문득 어릴 때의 자신이 생각났다. 이 넓은 운동장을 가로지르는 공을 던지는 형들을 동경했는데, 내가 여기 서 있다니! 만감이 교차했다. 현종은 정신을 차리고 90도로 인사했다.

"안녕하세요? 덕경중에 재학 중인 한현종이라고 합니다."

현종은 자신의 꿈이 어렸을 때부터 쭉 변함이 없었다는 것을 알리기 위해 초등학교 시절부터 경동고 야구부원들이 연습하는 모습을 보며 동경했다는 얘기를 꺼냈다. 하지만 안타깝게도, 면접관 중 한 명이 분위기를 부드럽게 만들기 위해 '아침은 뭐 먹었어요?'라는 질문과 겹쳐졌다. 서로 먼저 얘기하라고 권유했고, 서로 거절했다. 어색한 분위기 속에서 터져 나온 현종의 '콩나물 해장국'이라는 대답에 면접관이 웃었고, 덩달아 현종의 굳은 얼굴도 부드러워졌다.

"자, 한현종 학생, 공을 12개 줄 겁니다. 저희 고등학교의 포수를 맡고 있는 학생이 여기 앉아있을 테니까 최대한 빠르고 정확하게 공을 던지면 됩니다. 구속은 저기 서 있는 친구가 스피드건으로 재고 제구력은 저희 눈으로 심사할 겁니다. 자, 그럼 시작하세요."

"잘하고 온 거야?"

다음 날 최 코치가 물었다.

"꽤 잘한 것 같은데요? 아마도 붙은 것 같아요!"

현종은 자신 있다는 듯 웃었다.

"아직 기뻐하긴 일러. 잘하는 애들이 많아서 발표 결과를 봐야지."

최 코치가 신중한 태도를 보이는데도 현종은 마냥 당당했다.

"선생님, 뭐 그렇게 고민이 많으세요? 저 될 거라니까요!"

최 코치는 생각했다. 현종의 잠재력을 꿰뚫어 본 면접관이 있었을까? 경동고의 면접관들이 눈에 보이는 것만 보지 않았기를. 생각에 잠긴 최 코치를 보며 현종은 의아해 했다. '왜 기뻐하지 않는 걸까?'

하지만 현종의 궁금증은 기쁨의 파도에 흔적도 없이 쓸려 내려가 버렸다.

"얘들아, 우리 어디 갈까?"

현종은 이미 면접을 본 성준이와 함께 음식점에 갔다. 맛있는 음식을 먹다보니 자신이 고마워해야 할 사람들이 생각났다. 그는 진로담당 선생님께 고맙다고 메시지를 보냈다. 그리고 고등학교 2학년이 되었을 진영에게 전화를 걸었다.

'뚜루루'

통화 대기음과 긴장한 목젖으로 침 넘어가는 소리가 섞였다. 현종이 종료 버튼을 누르려던 그때, 반대편에서 진영의 목소리가 들렸다. 현종은 자신의 설렘을 들키지 않으려고 애써 참았다.

"여보세요?"

"선배님, 안녕하세요?"

"이거 누구야? 민수니?"

"누나, 저 현종이에요. 네, 그 덕경중 1학년 현종! 저 기억나세요?"

한동안 전화기 반대편에서 소리가 나지 않았다. 진영이 전화기의 수화기 부분을 손으로 가리고 웃고 있었던 것이다. 그녀가 손을 떼자, 진영의 경쾌한 웃음소리가 흘러나왔다.

"와, 말도 안 돼. 너 진짜 현종이니? 나는 너 살아있는지도 몰랐다. 깜깜무소식이길래. 요즘은 뭐 하고 지내?"

현종은 자신의 야구 생활에 초점을 맞추고 근황을 얘기했다.

"그리고 제일 중요한 것은, 제가 경동고에 붙은 거 같다는 거예요!"

현종은 진영이 진심으로 축하한다는 사실을 느낄 수 있었다. 현종은 여태껏 힘든 상황일 때 '나 자신을 믿으라'는 말을 몇 번이나 중얼거렸는지 셀 수도 없었다.

"내가 말했지? 너 자신을 믿으라고."

그녀와의 다소 짧은 전화 상봉을 끝내고 현종은 깨달았다. 내가 이 자리에 서기까지 정말 많은 사람들의 도움이 있었구나. 그래서 한 명 한 명에게 메시지를 보냈다. 규성, 준성, 현우, 한성중 담임선생님, 전근 가신 체육 선생님, 그리고 야구부 선배님들. 물론 옆에 있는 성준에게도 고마움의 표시로 쌈을 싸서 입에 쏙 넣어주었다.


한 달이 지난 오늘, 9월 18일은 경동고 야구부의 합격 여부가 발표되는 날이었다. 현종은 자신의 합격에 대해 매우 자신 있었다. 얼마나 당당했으면 친구들이 불합격되라고 놀리기까지 할까. 친구들이 그렇게 놀리면 현종은 웃으며 여유롭게 받아쳤다.

"너희들이 그렇게 백번 외쳐봤자 나는 경동고에 붙을 건데

뭐, 부럽냐?"

다른 친구가 그렇게 말을 했다면, 아이들은 비아냥거렸을 것이다.

"어휴, 저러다 못 붙으면 어쩌려고……. 곤욕을 치르겠네."

그러나 현종이기 때문에 아무도 말이 없었다. 웃고 떠드는 동안 시간이 지나 수업 종이 울렸다. 현종은 거만한 승리 포즈를 취하다 종소리를 듣고 자리로 돌아갔다. 지루한 도덕 시간이었다. 반 아이들의 반 정도가 졸고 있었다. 평소와 달리 현종은 잠이 오지 않았다. 오늘은 어째 말똥말똥하지? 자세 때문인가? 그는 고개를 요리조리 돌려가며 잠자기에 가장 이상적인 각도를 찾아보았다. 그래도 잠이 찾아오지 않는 이유는 합격자 발표가 코앞으로 다가와 긴장했기 때문이었다. 합격 여부는 3시에 발표되고, 수업은 3시 15분이면 끝날 것이었다. 드디어 6교시가 끝나자마자 뛰어나갈 준비를 하였다. 종이 울리자마자, 현종은 자리에서 일어나 교무실로 총알같이 달려갔다. 그의 친구들도 결과를 보기 위해서 따라갔다. 넋 놓고 앉아있던 몇 명은 영문도 모른 채 다급히 뛰어가는 친구들을 보고 또 따라갔다. 그중 한 명이 물었다.

"근데 우리 왜, 어디 가는 거야?"

"나도 몰라."

십여 명 정도가 한꺼번에 교무실로 들어왔을 때 선생님의 반응이 충분히 상상이 가지 않는가? 현종은 긴장한 듯 침을 꿀

꺽 삼키고 손을 풀었다. 그 모습을 보고 친구가 말했다.

"아까는 당당하게 소리치더니 왜 이제 와서 그래? 떨어질 것 같아?"

"합격 기념으로 반 전체에 음료수 돌려도 너만은 제외할 거다."

"에이, 농담인데 왜 그래."

현종은 경동고 홈페이지에 접속해 야구부 항목에 들어갔다. 현종은 손에 나는 땀을 소매에 닦아댔다. 왼쪽의 목록에 합격자 발표 항목이 있었다. 현종의 옆에 있던 친구가 크게 소리쳤다.

"자, 여러분, 진실의 순간입니다!"

관심이 없던 옆자리 수학 선생님까지도 자리에서 일어나 컴퓨터 앞으로 왔다. 현종은 이런 관심이 부담스러웠지만 상관없다고 생각했다. 어차피 붙을 것이기 때문에. 그러면서도 그는 당당함 뒤에서 떨고 있는 마음이 느껴졌다. 그 이유가 무엇일까.

"딸깍."

마우스 소리가 정적에 휩싸인 교무실을 채웠다. 현종은 마음을 가다듬었다. 다시 한 번 손의 땀을 닦고, 마지막으로 마우스를 눌렀다.

"딸깍."

하지만 현종은 모니터를 제대로 볼 수 없었다. 그의 시야를 가린 것은 결과를 궁금해하는 친구들도 아니었고, 자꾸만 뜨는 팝업창도 아니었다. 현종의 흐르는 눈물이 시야를 가렸다. 예상치 못한 결과에 교무실 전체가 말할 수 없는 큰 정적에 잠겼다.

'아이고야. 현종이가 받은 충격이 클 텐데, 어떻게 한담?'

그를 지켜보던 담임선생님도 막막했다. 현종은 말문이 막혔다. 숨을 쉴 수가 없었다. 그의 눈에서 흐르는 눈물들이 온몸을 떨게 만들었다. 친구들이 그를 위로하려 했다.

"현종아……."

힘내라는 친구들의 말이 끝나기도 전에 현종은 교무실에서 뛰쳐나갔다. 그는 숨이 차오를 때까지 울면서 달렸다. 어느덧 멈춘 곳은 드넓은 운동장 한가운데였다. 숨을 고르던 현종은 눈을 떴다. 운동장을 본 그는 온몸의 피가 거꾸로 솟아오르는 것을 느끼며 분노에 휩싸였다. 운동장은 그에게 열정과 희망을 준 동시에 그것들을 잔혹하게 빼앗어버린 곳이었다. 현종은 눈을 꽉 감은 채 온 힘을 다해 운동장의 잔디를 움켜쥐고 소리를 질렀다.

"으아아악!"

갖가지 감정이 외마디 소리를 타고 퍼졌다. 그 일정한 음의 날카로운 비명에는 여러 사연이 혼재되어 있었다. 슬픔과 걱정이 힘을 합쳐 말했다.

'나의 인생은 어떻게 되는 걸까? 나는 뭘 하며 살아야 하지?

야구가 나의 인생이었는데, 한순간에 무너져버렸네. 그렇다면 내 인생은 끝난 건가?'

분노와 증오가 한 목소리를 냈다.

'도대체 왜! 내가 어때서! 그 면접관들, 나는 당신들을 미워할 거야. 이 세상 어떤 것보다. 내 꿈을 이렇게 빼앗아버리다니!'

그리고 미안함이 말했다.

"나에게 기대를 건 모두에게, 미안해요. 특히, 엄마를 뵐 면목이 없네요."

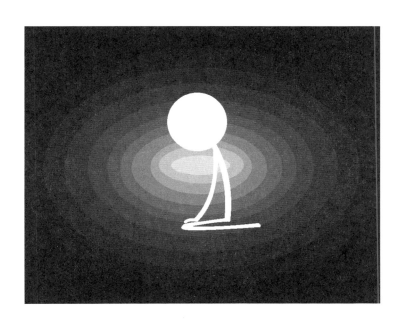

복잡하고 괴로운 마음에 현종은 온 힘을 다해 뛰었다. 얼마 있다 현종은 숨을 고르려 벤치에 앉았다. 그의 앞에는 또 다른 운동장이 있었다. 숨을 고를 틈도 없이, 현종은 다시 뛰었다.

'어딜 가나 운동장이야! 운동장들로 둘러싸인 박스 속에서 사는 것 같아. 여기서 나는 무얼 할 수 있을까.'

현종은 온몸을 늘어뜨린 채 정처 없이 서성거렸다. 바다의 움직임에 따라 표류하는 플랑크톤과도 같았다. 바다의 조류는 그것의 근원지로 그를 이끌었다. 현종은 숙였던 고개를 들었다. 자신의 꿈을 키웠던 한성중이었다. 노스탤지어의 파도가 현종을 제대로 맞혔다. 그는 생각했다.

'그때가 좋았지. 무모하고, 도전적이며 충동적이었어. 꿈을 펼치기가 참 좋았어. 면접이나 추천서에 대해서는 신경도 안 썼지. 그냥 야구, 그 하나만을 보고 달려갔으니. 역시 모든 것은 '인지'에 따라 달라진다니까.'

현종은 어쩐지 운동장이 싫지만은 않았다. 자신이 자유롭게 꿈을 키우던 그때가 생각났다. 자신도 모르게 웃음이 피식 나왔다.

"웃기네……."

현종은 무언가에 이끌리듯 진로실로 향했다. 한 달 전 진로 담당 선생님이 하셨던 말씀이 생각났다. 진로에 대해 물어볼 것이 있으면 찾아오랬지. 오늘이 그날인 것 같았다. 현종은 진로실 가까이에 다가가 문에 귀를 대보았다. 아무 소리도 나지 않는 걸 보니 수업은 없는 것 같았다. 그는 조심스럽게 문을 두드려 보았다.

"들어오세요."

선생님의 얼굴을 못 본 지 1년밖에 되지 않았지만, 그것보다 더 오래된 것처럼 느껴졌다. 현종이 문을 열고 들어가자, 선생님이 컴퓨터 옆으로 고개를 내밀었다.

"현, 현종이니?"

선생님은 반가워했다.

"아니, 이 시간에 여기는 어떻게 왔어? 학교는?"

선생님은 현종의 눈에 눈물이 고여 있는 것을 보고 현종을 꼭 안아줬다.

"많이 힘들겠구나. 여기 앉아서 차 좀 마셔."

선생님은 컵에 뜨거운 물을 담더니 녹차 티백을 넣어 그에게 주었다. 현종은 두 손을 모아 컵을 들고 뜨거운 차를 홀짝거리며 마셨다. 마음이 안정되는 것 같았다. 그렇게 20여 분이 지나고, 현종은 이성을 되찾았다. 선생님이 그의 옆에 와서 앉았다.

"네가 원하던 대로 되지 않은 모양이구나."

"네. 전 정말 합격할 줄 알았는데, 경동고 야구부에 붙지 못했어요. 도대체 제가 왜 안 된 거죠? 저는 정말로 하고 싶었단 말이에요……."

현종은 이해가 되지 않았다. 이제까지 봤던 영화나 읽은 책들을 생각해보면, 모두 열정이 넘치는 주인공들이 역경을 이겨낸다는 줄거리였다. 현종은 자신도 그들 중 하나라고 믿었다. 자신의 열정을 알아줄 것이라 생각했다. 현종의 질문에 선생님이 답했다.

"현종아, 열정만으로 안 되는 것들도 있어. 야구가 특히 그렇지. 기본적으로 타고난 아이들을 이기기가 어렵거든. 피나는 노력을 했음에도 합격되지 않았다면 심사숙고해 볼 필요도 있는 거야. 그렇지만 현종아, 만약 네가 노력해보지도 않고 포기했다면 어땠을까? 미련이 계속 남고, 해 보지 않은 것에 대해 후회했을 거야. 지금까지 노력한 건 그 자체로 훌륭한 거고, 네 인생을 값지게 하는 거야. 그러니까 현종아, 지나간 것에 연연해서 괴로워하지 말고 새로운 진로를 찾아보자."

그래도 현종은 여전히 선생님의 말에 회의적이었다. 이에 선생님은 예를 들어 설명했다.

"내 고등학교 동창 중에 외과 의사를 꿈꾸는 친구가 있었어. 너처럼 열정이 흘러넘쳤지. 정말 열심히 공부해서 의대에 갔고, 우리는 정말 그 친구가 훌륭한 외과 의사가 될 줄 알았지. 그런데 그 친구에게 단점이 딱 한 가지가 있었는데, 바로 수전증이었어. 손 떨림은 나날이 심해졌고 수술을 할 수 없는 그는 땅을 치며 슬퍼했지. 결국, 그는 외과 의사의 꿈을 접었어."

"그래서 그분은 지금 어떻게 되었어요?"

"이 친구는 자신의 꿈을 다른 방법으로 성취했어. 그의 꿈은 수술을 해서 생명을 살리는 일을 하는 것이었거든. 결국, 수술을 하지 않는 소아과 의사가 돼서, 아이들의 건강을 책임지며 보람을 느끼며 살고 있지. 방법이 다르긴 하지만 생명을 다루는 직업이란 점에선 다를 바 없지."

"그렇다면 저는 이제 어떻게 해야 하죠?"

진로 선생님은 고민하다 그에게 질문 몇 가지를 했다.

"현종아, 야구 말고 네가 잘하거나 좋아하는 게 있니?"

"아니요, 아쉽게도 없어요. 아니 있어요! 이상하게 국어가 재미있더라고요. 시험 점수도 제일 좋게 나왔어요."

진로담당 선생님은 그의 답변을 듣고 고개를 끄덕였다. 해결책을 찾은 모양이었다. 그러더니 현종에게 잠시 기다리라고 한 다음 인터넷에서 무언가를 찾았다. 혼잣말을 중얼거리더니, 의자를 돌려 현종을 바라보았다.

"현종아, 내가 진로를 추천해줘도 될까? 그게 내 전문이거든."

현종은 의아해 하며 고개를 끄덕였다.

"내가 소개할 직업은 야구 칼럼니스트야."

진로담당 선생님이 현종에게 프린터에서 갓 뽑은 종이들을 건네줬다. 종이를 읽어보니 야구 칼럼니스트는 야구에 관한 글을 쓰는 사람이었다. 야구에 대한 지식이 많은 현종에게 안성맞춤이었다. 현종은 꽤 흥미를 보였다.

"경력을 쌓을 수는 있는 건가요? 너무 미개척 분야 아닌가요?"

"미개척 분야일수록 열심히 해야 해. 만약 성공하면, 네가 최고가 되는 거니까. 경력을 쌓기 위해 제일 중요한 건, 좋은 대학을 가는 거야. 남의 시선 때문이 아니라 더 많은 것들을 배울 수 있거든. 그리고 우선 공부를 열심히 해야 돼. 특히 국어에 집중해야 해. 둘째로, 글을 많이 써봐야 돼. 야구에 관련된 글은 지식을 갖고 있으면 누구나 쓸 수 있지만, 누구나 좋은 글을 쓰진 못해. 좋은 글을 쓰려면 경험이 많아야 하지. 그러니 소설이나 수필을 써보는 것도 나쁜 생각은 아니야. 마지막으로, 몇몇 곳에서 칼럼니스트들을 위한 대회를 열어. 거기에 참가하면서 스펙을 쌓는 거지. 어때, 괜찮지 않아?"

현종은 진로담당 선생님 말씀에 수긍했다.

어둡던 사위가 갑자기 환해지는 것을 느꼈다. 그게 뭔지 보려고 현종이 눈을 가늘게 뜨자 아주 먼 곳에서 비춰오는 불빛이 보였다. 묘한 이끌림에 현종이 움직였을 때 불빛은 어느덧 점멸해가고 있었다. 현종은 고개를 주억거렸다. 어느 곳에선가 전해온 메시지라는 것을 알아들었던 것이었다.

야구칼럼니스트 한현종. 현종은 이 진로가 마음에 든다. 그러나 아직 정해진 바는 없다. 열정을 불태웠던 그간의 시간들이 비록 쓴맛으로 돌아오긴 했지만, 아직 다 쓰지 못한 열정이 남아 있다. 자, 그렇다면 그 열정을 이대로 구석에 처박아 두기는 너무 아깝지 않은가. 해서 현종은 열정을 일으켜 세운다. 그러자 '열정' 선장이 다시 조종간을 잡는다. 그의 목적지는 여전히 '야구'다. 옆에는 부선장이 있다.

"저기, 선장님. 목적지를 '야구 칼럼니스트'로 정해야 되는 거 아닌가요?"

"자네가 뭘 모르는군. 현종의 꿈은 야구를 하는 것이야. 야구 칼럼니스트는 그 꿈을 실현하기 위한 방법 중 하나고."